古厝與節氣之歌

顏湘芬　著

The Song of Ancient Houses and Solar Terms
by GRACE YEN

古厝與節氣

紀錄古厝，是我生活的一部份，開始於整理父親的文稿，透過文稿重新認識了父親，發現文章紀錄的重要性。慢慢地自己也投稿《金門日報》，回鄉之初，滿懷感觸，寫的都是故鄉情懷的眷戀，或兒時的回憶，對於景物多所感懷，隨著生活的前進推移，這些記錄下來的文字，慢慢有了自己的思考軌跡，以及在金門的生活點線面。寫作，變成我另一個重要的習慣，日積月累，讓我發現了自己。

從出生時所住的南門古厝，到高中畢業離開金門，古厝生活了十八年，那是一棟小小的古厝，住了阿公、爸爸、媽媽，和我們十一個小孩，每一個角落，乃至於擺設，常常縈繞於腦海，角落所發生的故事，或是小插曲，吵嘴或是歡笑，常常伴隨著古厝，歷歷現前，雖然古厝倒了，不見了，甚至連土地也不屬於我們，但是，沒有人可以剝奪曾經有過的歲月，被我們冰封了的記憶，在每一位兄弟姊妹的腦海裡，那一段共有的時光。

回到金門，住進現在的水頭古厝，到如今，我又住了二十年了，一回首，歲月忽悠，原來在水頭的時間也不算短了，這一段歲月的古厝，有別於兒時的懵懂，成長的歡樂與悲愁，質與量完全都不同，古厝對我的生活帶來的改變，影響我至深，美麗的聚落，帶我進入一個既是現代生活，又身處歷史氛圍的建築群中，散步在這些美麗的建築群裡，許多的人文思想、生命感懷，油然而生，在這棟古厝裡，心靈獲得滋養，也開始有了持續的寫作。

特別的是，在這棟古厝裡，是另一種形式的家，每天與我作伴的旅者，來來回回，一起記錄著古厝裡的生活，伴隨著四季更迭，一夜共宿，也算是古厝的家人。天涯海角，古厝是一個點，不只在地圖上，更在許多人的心中，看著昔日的幼兒漸長，古厝等待他回巢，像金門的冬候鳥一般，有人年年來訪，彷若回鄉一般，共同守護著古厝，這也算是我的另一種家人。

在我住進來之前，古厝住著四個以上的家庭，據說他們有四個廚房，各煮各的，可以想像黃昏時刻，每處角落點上蠟燭，鍋鑊各自響起的情景嗎？每個家庭都有很多小孩，每間房都住著很多小孩，他們在這裡成長、嬉鬧、讀書寫作業，羽翼漸豐，在各地發展，有時候他們也會回來古厝，帶著兒孫同行。同樣的，古厝承載著他們許多美好的回憶，照顧好古厝，等待他們回巢，是我的使命。

古厝的六個房間，雖然是隨機分配住宿，但也有幸運的人，每次回來都住著同一間房，熟悉的房間，像是他旅途中建立營造的一個家，古厝只有一層樓，是傳統建築中的雙落雙護龍，傳統格局上是後落高於前落，所以後落的房間裡頭還有閣樓，有木梯，是孩子們開心的家庭房。

古厝的院子，連接著前後落的客廳，兩邊的櫸頭，一邊是小書房，一邊是小廚房，維持著原來的使用習慣，頗有家的氛圍，院子裡的植栽，隨著季節花開葉落，呈現四季風情，這是一棟旅人的家的古厝，就像出家師父說的，古厝成為他行腳的家，如果是私人的古厝，出家人還不一定可以入住，很高興，因為古厝的性質，讓我有了許多不同特質的家人。

有幸住在這樣的古厝中，欣賞著晨昏的光影，感受著天晴雨落的變化，沉靜

了我的個性，淨化了我的心靈，陽光下在院子漫步，廊道裡喝著紅茶，晴耕雨讀，是所有人對生活的盼望，而我有幸在與旅者交換生活的歲月中，慢慢實現了這樣的願景。

寫作是內心一個重要的朋友，生活如常前進，磨磨停停，歡笑難過，忙碌緩慢，總是摻雜著，走在聚落的石板路上、上坡下坡，聚落裡楓葉的楓紅、櫻花的立春、茶花的豔麗、郁李的含蓄、玫瑰的多情、豆梨的清雅，伴隨著小塊的聚落菜田，陽光灑下的枝葉間，風微微吹，風在建築裡迴旋，陽光照耀著石板路，偶爾停留在建築上的天使，或者是石榴圖騰，一個人走著，傻傻對藍天微笑，這天地，是誰給予的，知足的一個人，因為寫作，內心常常不孤單，一回首，就在燈火闌珊處，寫作與古厝的節氣呼應著，交織成生活。

對於節氣的感受，就像在古厝裡生活一樣，隨著四季變化，感受著天地所賜予的美好，將種種的美好透過寫作，也許是人的啟發、也許是天地萬物的季節感受，慢慢把所思所感保存下來，於是這本書就寫成了古厝與節氣，紀錄我的古厝生活故事，每一棟古厝都會找到適合它的人，愛惜它的主人，將古厝用新的生命、新的觀念，重新灌溉，每天愛惜、守護，有感於這樣的情懷，於是一起記錄著，希望能夠一直寫下去，紀錄著我們與古厝的生命重疊故事。

希望讀者會喜歡這本書，也許可以勾起同樣情懷的旅人，回憶小時候在古厝的記憶，旅者常常說很像自己小時候阿公的家，古老的建築需要被保護，讓更多人與它結緣，古厝就像一本古書，滿懷智慧與啟發，來！讓我們一起來讀它，深藏在自己生命中，在人生旅途上擁有一個心靈的古厝的家。

【小島寫作】

小島的生活，與大自然相融合，節氣的變化非常明顯，配合著島嶼的特有民俗風情文化，除了氣候的改變，還多了人文的豐富性。古厝的生活看似單一，其實也有許多的變化，金門四季分明，候鳥與原生種植物，帶來生活中明顯的感知，旅客的造訪古厝，帶來文化的分享，古厝仿佛也在移動中變化著四季、二十四節氣的故事，是與古厝有一宿之緣的你我，透過書寫記錄下一篇篇的相

逢，謝謝你們的造訪，增添了古厝的色彩，也成為與古厝有約的家人。

我是屬於移動式書寫的擁護者，常常在飛機上、車輛行進中，沉澱我的心情，而有了書寫的靈感，有時候僅僅寫下當時的想法或心情，也許是植物、鳥類，或是一幅畫，寫下的也許是短詩、短句，卻能清楚映照一段時日壅塞在心中的想法，進而釐清了糾結的問題，或突然明白了事情的真相，或斷捨離了困擾的人事物，書寫帶給我的是像朋友般的安然喜樂，不離不棄，只有我的漸行漸遠，從來沒有他的放手離去，我也總是會再回頭，欣喜遇見更好的自己。

書寫這本書的過程中，我感受了每兩週左右的一個節氣替換，其中研讀了法華經、華嚴經，書寫伴隨著我，寫下了一些有關的文章，我從二十六歲皈依以來，在佛法的道路上，走走停停，我總是有個藉口、各種耽擱，解釋自己的離散，而因為古厝的寧靜，因為生活漸漸的單純，或許也因為年紀到了，一個偶然的因緣，我讀起了法華經，原來我常讀的普門品就是法華經所出，而我更喜歡其中的常不輕菩薩品，原來服務業做了這麼多年，自己還無法做到常不輕，因此有了許多的共鳴，又繼續接觸了華嚴經，從頭讀的時候感覺無法聚焦當下，有一次聽到善財童子五十三參，那一天的午后，我便決定從第七冊讀起，很神奇的，我終於可以靜下來讀下去了，

一篇篇善財童子拜訪善知識的故事，請益的過程，仿佛每一位前來古厝的善知識，將他們寶貴的人生知識，呈現並與我分享，我何其幸運，不用跋山涉水，而能有這許多善知識的緣分，於是我更加珍惜書寫的過程，肯定書寫帶給我的寧

靜。

寫這本書前後花了三年，也許有些文章的發表比這個時間更往前，之前所寫的三本書，和這一本的心情完全不太一樣，我想到了古厝的四季，想到了二十四節氣在金門生活的足跡，想到了旅者來到古厝住一晚與我的因緣和合，這些我都想把它寫進這本書裡，所以我不著急，我慢慢地寫，我想一本書的年份，是否可以像一瓶酒的年份一樣，越陳越香，至少三年的心情和一年的心情一定是不太一樣的，我已經從島嶼的四季變化中，慢慢體會到了人生觀，有些事情急不得，有些事情當下要馬上去做，過了最佳的時刻，也許再也沒有這樣的因緣了。

我的書寫風格，應該是屬於移動式的紀錄，常常在散步的時候，我一邊走一邊用手機讀下自己的感受，然後慢慢地把它寫成文字，讓我的心境越走越明白，我的感受越理越清明，我想寫作的功能對我來說，就是讓我的想法更加的純粹化，我那些隨著因緣而生出的念頭，藉由文字的表述，讓我自己明白他們到底是什麼?他們對我生命的影響力又是什麼，如果說寫作有一點點的作用，那對我來說，追求的是身心健康、思慮清晰，而讓我可以勇敢堅強的走下每一步。

也許寫作期間的時事，人們的拜訪，都會讓我想記錄下來一些特別的心情，也許這樣子的心情文章，很難把它歸納為一個主題，人的生命再怎麼樣的單純，我想都是各種方面的，應該沒有辦法單一的歸類化，不過寫下來之後，漸漸的發現了自己的行為準則，自己的喜好，自己的不喜歡社交的個性，其實也就慢慢地發現了自己，原來一直困擾與無法解答的問題，其實並沒有問題，自己原來挺好的啊。

一年是不是時間過得很快？但是一年和三年的時間有時候我們又覺得差不多快，我們常常要記住一件事或想起一個人，常常要去找照片拍攝的時間，或者是去回憶是哪一年發生的事情，我們才會猛然的發覺，原來時間過得真快呀。

如何能把時間留下來呢？我想就是書寫吧，讓我們一起來書寫吧，透過紀錄，讓時間被保留了下來。

目次

家聲

【節氣一．立春】

立春 0203-0205 之間

02/04

立春是二十四節氣中的第一個節氣，大約是西曆的二月三日到五日之間的一天，代表春天的開始，大地的顏色正在重疊著，從落葉枯黃、冷風拂成紅葉、新春發出的嫩綠新葉，交織成春的復始，充滿著生命力。

冬天的陵水湖，黑面琵鷺與白面琵鷺的停留過冬，多了一些生活上的驚喜，直到立春，仍然可以看到牠們的蹤影。

【古曆的立春】

很開心我是立春出生的孩子，這是我懂事以來開始注意節氣的原因，雖然立春的時間常常在農曆過年前後，金門的氣候還是陰雨不定，溫度也還很寒冷，每年都期望這一天能有陽光出現，好祝福自己又過了一個冬天，擁抱新的一年。

西曆立春的我，農曆出生時碰到了除夕，而我的除夕又是幾年才會出現一次的十二月三十日，所有八字加總起來很弱的日期和數字，命底以傳統來說很輕薄的八字，讓年輕時候的我有點擔心，加上我的個性有點內向，學生時期我並不擅於結交同學，好友寥寥可數，長大回鄉後才跟幾位同學變成好友，後來從事觀光業的關係，我想我的個性經過職業的訓練，變得也算是健談，不知道是啟發了隱藏的我，還是純粹是職業的訓練。

我曾經問母親，生我的時候您怎麼準備除夕飯菜和拜拜啊？尤其金門是屬於傳統的宗族祭祀制度，要拜拜的祖先很多，母親笑笑說：對啊，那一年除夕由妳父親掌廚，難得的一次，母親說她很感動。印象中，從未見過父親在廚房掌廚，比較常看見父親坐在古厝的廳堂，品著高粱酒、聽南管黑膠唱片，跟著吟唱南管的唱腔。

黃昏中，從學校放學的我，從古厝的側門走進來，經過廊道或院子，經過父親所在的廳堂，往往聽到父親的歌聲，我頭也不回的快速走過，走過父親的房間所在的櫸頭房，直入古厝最深處，母親忙碌的廚房，放下書包，幫忙著母親打理晚餐，母親的廚藝了得，總能將簡單的食材煮出香噴噴的飯菜，餵飽我們眾多的孩子，在今日同為母親的我想來，覺得是一項艱辛的日常工作。

有一次我問母親：除夕出生好嗎？大家都很忙碌，要打掃、煮飯菜拜拜，一整天忙個不停，所以我算不算勞碌命啊。母親笑笑的說：除夕出生永遠不愁吃穿，算是好命呢！那一天家家戶戶都有許多的食物，忙裡忙外，一年辛苦的最終篇章，是喜悅的，家人聚會的一天，很圓滿的一天啊，你如果初一出生比較不好吧，大家都穿新衣服，只有妳光著身體，沒有衣服穿。母親的說法不知道是不是她自己想的，但總算是安慰了我的疑慮，讓我一出生就一歲，隔天又多一歲的尷尬，突然覺得一點也不吃虧了。

因為父親跟爺爺是從鼓浪嶼搬來金門，沒有房產也沒有土地，母親是后浦許姓女兒，雖然家境不錯，但因為是第三個女兒，外婆一心想要為許家添丁，就將母親送給了隔壁膝下無子的外公，想要換換手氣接下來生個男丁，當時外公是中醫師，常常出門看診，就選在這種空檔，送給了隔壁的養外公，只跟外公收了一只空的紅包袋，就這樣，改變了母親的一生。親生母親就住在隔壁，母親卻在這一頭的外公家，辛苦生活著，從八歲起拿小椅凳開始學煮飯，起灶燒材火，兩棟相鄰不遠的古厝，讓母親開始了渾然不同的人生，

原生家庭的兩位姊姊都有讀書，母親生性聰穎，又長得漂亮，卻因此而未能受教育，成為她一生的遺憾，比起有讀書識字的二姨，母親的命運多了一些波折，也讓母親羨慕著有讀書識字的阿姨。

聰慧的母親，總是能幫助與撫慰疼愛她的養父，變成養父最大的精神寄託。日本佔據金門時期，母親曾代替外公去蓋機場參與勞動，孝順的母親懂得盡孝道。長大的母親皮膚白皙，溫柔美麗，曾有一次有位醫生，找人說媒，也因為外公一句話：你嫁給了台灣人，以後去台灣，我養妳就沒有用了，我的老年誰來

照顧？就這樣，斷了這門親事。結婚後的母親，一直跟外公住在一起，外公也很疼愛我們，常常幫忙買一些豬肉和菜，為我們加菜，只要聽到外公拖鞋走路的聲音，小毛頭都會趕快到門口迎接，排成一排，伸出小小的手掌心，外公笑著依序給我們零用錢，讓我們買文具和糖果，我們都很喜歡阿公。

因為是家中唯一的女兒，在物質困頓的年代，母親靠著一手好廚藝，也賣過豆包粿，幫忙家計。逢年過節蒸年糕、紅龜粿、擦餅菜，樣樣自己來，在古厝中忙進忙出，照顧我們十一個兄弟姊妹。我們一直住在后浦鎮上，母親從出生到嫁人，養育子女，都在同一個區域，她的成長過程，剛好經歷了日據時期的八年、抗戰勝利的和平、國共兩岸冷戰時期，躲砲彈的日子，可以說是近代史的見證者，偶爾都會聽到母親訴說從前的點滴回憶故事。

後來我高中畢業到台灣求學，五年後，母親聽從我們的建議，帶著最小的弟弟和妹妹，舉家遷移台灣，開始在另一個小島展開新生活，每年的清明祭祖，母親都會搭船回金門，祭拜外公，以及最早跟父親移居金門的爺爺和奶奶，金門對於母親來說，有生命最精華的年代記憶，一直到老年，母親心臟不好，改由哥哥弟弟代表回來掃墓，母親最終選擇入土於台灣，方便兄弟們掃墓，畢竟留在金門的只有我跟三姊。

反思母親與我的緣分，緊密而難以忘懷，因為哥哥姊姊們很早離家求學或工作，我雖然排行老六，卻是家裡最大的孩子，從小幫助母親登記標會的金額，母親會跟我訴說內心的煩惱與擔憂，問我喜歡哪些食物要買甚麼菜，一直到我高中畢業去台灣，我跟母親幾乎天天在一起，回家一進門就喊媽媽，幫忙家務，母親炒菜時在廚房幫忙，祭拜時幫忙炸食物，擺放祭品，做紅龜粿時幫忙剪粿葉，母親不忘叮囑不可以數幾個，不然臉上會有粿印，蒸年糕幫忙搖漿液入容器中，這些都是最美味的年節回憶食物，從小學三年級起，我們一起在廳堂擦金紙，補貼家用，一起工作的機會很多，我們無所不談，就像姊妹一般。

我懷念母親的廚藝，尤其是金門的擦餅菜，所以在立春這一天我會去市場採買食材，豆乾豆腐、紅蘿蔔、韭菜、蒜苗、冬筍、石蚵、絞肉、芹菜、菜球、雞蛋、碗豆，用母親煮的方式，慢慢的切絲、刨成細條，一樣一樣照著小時候站在母親身旁學習的方式，用著腦海裡的記憶，做起了擦餅菜，做這道菜需要半天的工夫，慢慢地準備，在這過程裡回憶著母親在身旁指導的過往，也是最貼近回憶的時候，內心覺得無比的溫暖。

看著五顏六色的擦餅菜，聞著菜香與回憶，這是我給自己在立春這天生日最好的禮物，仿佛要透過這樣的儀式，讓自己重生，思念著母親嗎？也許母親從來沒有離開過，謝謝母親把我帶到這世間上，也許母親那邊也有這樣的擦餅菜吧，以前在我生日的這天，母親會捎來祝福，透過電話跟我說生日快樂，吃擦餅菜的時候，我盼望可以聽見電話聲，熟悉的祝福聲，黃昏了，裊裊炊煙在每個家庭升起，晚霞的後面連著我的童年生活記憶。

【情人節來曬書】

別丟掉，這一把過往的熱情，現在流水式的，
輕輕，在幽冷的山泉底，在黑夜，在松林，嘆息似的
渺茫，你仍要保存著那真。

——林徽音

我喜歡林徽音的詩詞，總像一股清流，在繁雜世界裡，有她輕輕的細雨，提醒著我，保存著那真。

你在天空和太陽下歌唱，你的歌聲，撥開白天
穀粒的糖，松樹以綠色的舌尖說話，所有冬天
的鳥兒吹響了口哨。

——聶魯達　第五十二首

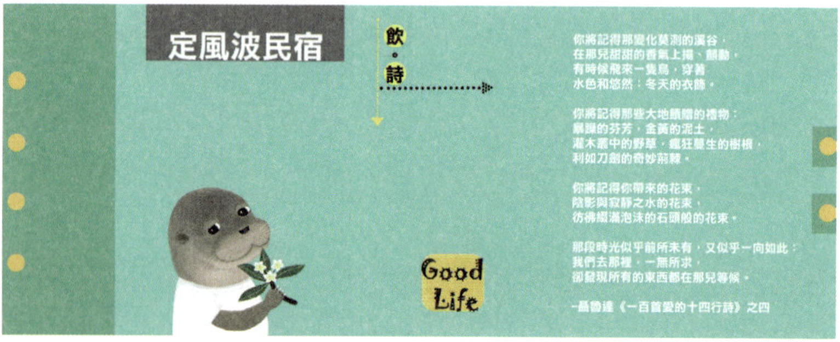

聶魯達十四行詩——小妹設計的馬克杯。

認識聶魯達的詩，緣於小妹的指引，愛情的十四行詩，小妹幫忙設計一款美麗的杯子，引用了美麗的詩句，於是，開啟了我喜歡讀十四行詩，有時候也試著創作一些小詩，抒發當時的內心感受，許多感受都是短暫隨即消逝的，詩的表達可以記錄當時最直接的心情。

難得，夜這般的清靜，難得，爐火這般的溫，更是難得，無言的相對，一雙寂寞的靈魂，也不必籌營，也不必評論，更沒有虛憍，猜忌與嫌憎，只靜靜的坐對著一爐火，只靜靜的默數遠巷的更。

——徐志摩

你的和煦陽光對著我心中的冬日微笑，從不懷疑它是否會綻放春天的花朵。

愛情的傷悲，有如深不可測的大海，在我生命的四周唱著苦痛之歌，愛的喜悅有如群鳥，在爭妍的花叢間歡喜高歌。

——泰戈爾

在情人節這天，翻閱著這些美麗的詩句，浪漫的心情感染了自己，我始終認為不管是多大年紀，保持浪漫的心境，保留一顆內心最珍貴的赤子之心，是在人生漫漫長路上，讓自己充滿活力的一個方法，也許沒有實際的形式慶祝，但在內心可以提醒自己，在這一天，感恩所有曾經良善的遇見，讓自己成為現在的自己。

有一位朋友說過：儀式感很重要，我以前並不喜歡儀式感，認識她以後，看她接待我們的茶席儀式感，滿滿的感動，於是我明白儀式感是一種情感的表現，讓人感受到深深的情感，於是我也很認同儀式感了，有時候也可以在早晨單獨的為自己沖杯咖啡，黃昏時刻為自己泡杯花茶，得到很大的快樂。

祝大家情人節快樂！

古厝上的交趾燒情侶圖。

【節氣二・雨水】

立春 0218-0220 之間

雨水前後的節日有元宵節，
金門的溫度還很寒冷，尤其碰到下雨的話，感覺更冷。
小時候沒有很好的防寒衣，記憶中是很寒冷的天氣。

02/19

記得上小學時，要繞過冷風迎面吹拂的莒光湖畔，走路到莒光國小上學。

路上的木麻黃樹林，在風中搖曳，孩童們頂著寒風前進，包裹著七、八件厚重的衣服，寒風刺骨，猶覺不夠保暖，又想著上學準時不要遲到，每天都是一股掙扎，要有很大的自制力才行。

美麗的豆梨花盛開，帶來這個季節的歡喜，每年這個時候，豆梨含苞待放，粉色的花苞漸漸展開呈白色的花朵，我們期待著花開，樹下擺上茶席，學古人一樣賞花品茗，談天說笑，無比幸福。

【春風白雪豆梨花】

春風春月二月雪
藍天白雪花紛飛
柔花堅骨細思情
眷戀人間三月天

元宵節甫過，同學家的豆梨花苞繁茂，栽種十餘年的幾棵豆梨，直向天際，傲然矗立，一小朵的小花苞，爭相探頭出來，從二樓書房玻璃窗外，可以看見樹的全貌，屋裡的主人有它相伴，想必心情大好，創作靈感源泉湧出，豆梨在金門

已經成了春天的寵兒，園裡的主角，也是我們年初聚會的期待。

這晚氣溫陡降，夜裡來到了五度，我跟同學小時候讀的是莒光國小，我們都是後浦鎮上南門里的孩子，就在石門內和許氏宗祠那一區，這一晚無畏嚴寒，在同學家相聚，一桌子的家常菜，蒜苗炒肉、煎黃魚、紅麴肉，我喝了好幾碗四物胡椒雞湯，同學說是在觀音亭附近的中藥店買的胡椒粉，最近遊客爭相搶購，很火紅，店家正在磨粉的當下，整條街隨著風遠遠香氣撲鼻。喝了湯暖了身子，話夾子打開，我好奇的問同學雞湯的配方，原來是要將胡椒粒，稍微砸一下，用布包著，跟雞湯一起煮，喝起來竟然有南洋肉骨茶的風味，同學的手藝好，總能溫暖我們的胃，讓我們喜歡到他家聚會，同學飽讀文史與考古，通山知海，天文地理，話題永遠有新的知識跟我們分享，博學而又多聞，每每讓我想起古時候的文人雅士聚會，雖然我們都只有聽同學說的份，在這雨水的季節，非常需要這樣暖心的聚會。

看著窗外的豆梨花苞，我們猜測著花開的時間，等待天氣一回暖，應該就是賞花期了，馬上七嘴八舌預約還要再來賞花，同學說：花開無法躲藏，路過他家門外就會看到，他只好敞開大門歡迎舊雨新知。往往一個花季下來，大約有一個月，同學家人潮不斷，主人只好開門相迎。

終於到了三月五日，台灣的蔡教授來金門上課，我帶他到同學家一訪，豆梨花盛開了，蔡教授本身學森林系，跟同學是舊識，逢此盛會相當歡愉。同學在樹下擺上茶席，燉煮了紅豆湯，一邊賞花一邊午茶，蔡教授不禁羨慕起我們，小島的生活，對比著都市的繁忙，簡直像是遺世獨立，又能滿園知交，這是怎樣的修行，才能擁有這樣的人間生活。

這一整個月的豆梨花開，路過的人無不停下腳步拍照，滿園美麗的豆梨花，像極了春天白雪，花開藏不住，有的訪客送來茶點、水果、豆花分享，這幸福的三月，是過年後的第一個笑顏，豆梨是我們相聚的藉口，仿佛理直氣壯般，不約而同前來賞花，主人家藉由花開傳遞溫暖，溫暖每個人心。

金門雖然是小島，但人與人之間的情感，總是有著都市沒有的溫馨，在這裡生活，許多人有著個人的研究與探索的方向，讓知識豐富了單純的島嶼生活，春季裡賞花，冬天裡寒夜客來茶當酒，一壺茶，幾疊茶點，不是作客，而是家人般的噓寒問暖，交換著生活的心得，下幾樣廚房拿手菜，寒冷的氣溫也昇華了起來，感謝榮哥夫妻的這個好所在，溫暖了我們在離島生活的心，生活單純但內心豐富的島嶼歲月。

每年的春天，就是我們期待的豆梨花季，有空就跑來找榮哥，除了賞花，也是想要跟榮哥聊聊天，有時候不期而遇在這裡遇到一些朋友，整個豆梨花季，讓整個心滿滿的期待與歡心，豆梨花含著粉紅慢慢敞開，全開時的潔白，像一場春雪，宣告冬去春來，風一吹，飄落滿園，坐在花朵樹下，迎面而來的飄雪，自有一番浪漫的心境，鳥兒在林葉間鳴唱，泡一壺茶，好友敘敘，這一季，是新年的開始，是新的動力。

【豆梨花的春天】

冬天的風寒中
妳悄悄的醞釀

化成紅色的溫暖
聰明的妳
等待風不強的季節
瀟灑除卻一身的紅葉
讓風以為是冬眠
拂袖而去

春的陽光甦醒
花苞帶粉上枝頭
低調如妳
慢慢在春天
滿天的藍調為畫布
寫下一季的誓言
願白色花瓣的浪漫

柔柔的讓妳們相遇
微微的笑容寫成理由
溫暖每個相遇的朋友
豆梨花下的茶宴
臉上塗抹春天的顏色
如果妳趕不上花季
我願意為妳許下諾言
明年再相聚

揮別寒冬的諾言
我用淡粉的純潔白色
為妳展開這一年的光輝
為妳排鋪這一年的願望
別忘了

我的名字
是給妳最溫暖的守候

二〇二五年的雨水季節，從二月二十日就陸續的起霧，影響著班機起降，尤其三月一日到三日，每天都有幾班飛機無法降落，旅客滯留金門島，霧氣籠罩著古厝，每天到機場等飛機，一直到晚上八點後才又回到古厝休息，非常的辛苦，每天都希望北風快起，帶走南風天的海上水氣，讓旅客們順利返回工作崗位，客人說金門很棒，但是下次不能霧季來了，滯留影響到工作，也有人乾脆多放個三天，繼續待在古厝享受假期，雖然有旅遊不便險可以申請住宿費，但是有些人還是很著急或者乾脆搭船回去，雖然很感謝我們的幫助，也很喜歡古厝，但是旅途中的憂慮也增加了一些。

有位旅者，每天都準備回台灣，卻每晚都被留下來在古厝，到隔天早上又繼續吃著廣東粥、燒餅、油條，她說她就在古厝線上工作吧，享受古厝的悠閒，也是另一種收穫。

【節氣三・驚蟄】

驚蟄 0305-0306 之間

動物昆蟲入冬以來藏伏土中，
不飲不食，稱為「蟄」，
這個季節常常會有大地春雷，
驚醒蟄居動物的冬眠。

03/06

氣候變化很不穩定，衣物的選擇早晚就有差別，清晨露水很重，仍須穿上厚外套，中午陽光出來，又覺得穿太多了，金門街上開了許多文青特色的店，例如後浦街上巷弄中的酒吧，在這個季節的夜裡點上一杯不含酒精的「哈囉金門」，讓春天有了些許暖意，我常說我們要常常去支持這些文青創意的店家，才能鼓勵這些年輕人回鄉居住，陪伴父母安養晚年。

【記一場短期進修的台南好客】

每年三月初，是台灣好客民宿協會的會員大會，由各個縣市的好客主人主辦，民宿主人們都會竭盡所能，端出讓我們驚豔的各地盛宴，台南府城是文化與美食重鎮，跟金門很類似，有豐富的生態與歷史古蹟，也是鄭成功反清復明的路線，充滿歷史的古都。

艸祭BOOKIN民宿的勇哥負責這次的籌劃，他同時也是筑馨居老厝餐廳的主人，民宿是結合書屋的特色，睡在書架中的旅者，聞著書香入睡，藏書多達兩萬冊，可以盡情的讀閱，一人單獨或與好友共處，民宿裡的書不賣，只能借閱，很獲得旅者的喜愛，我去過筑馨居用餐多次，在百年老房子裡享用在地美食，感受到古城的氛圍，有家的溫馨與味道，讓旅者卸下疲憊，是旅途中的家鄉味。

勇哥的熱誠招待，常常不忘提攜附近店家，例如有一次飯畢，他端來隔壁店家的草莓蛋糕，每人一份，價值不菲，很令我們感動，當然大家最期待的是他自家的飯後甜點豆花，有吃過的人，總是念念不忘傳統的味道。

大會報到後的重頭戲，往往是座談會，這次勇哥安排在美麗的台南第二美術館，場地非常寬闊，邀請的講者都是很棒的老師，像是曾喜鵬老師、黃玉琴老師、謝宅主人、KKDAY台灣總監、台南觀光旅遊局局長，題目涵蓋了民宿趨勢分析、疫情下的民宿創新等等，讓業者們聚精會神，每個課題都是我們所需要的，觸動我們內心的激化，雖然每一家民宿，每一個縣市的經營與問題不太相同，分享卻可以讓我們去回思自己本身的問題，講者的一個引思，可以有無窮盡的回饋，帶回來的是一顆萌芽的種子。

晚宴設在三級古蹟陳德聚堂辦桌，也是陳氏宗祠，明代所建，中央面寬三開間，有拜殿與正殿，跟金門常見的宗祠很像。傳統的台南菜色，配合著傳統的表演，熱鬧而溫馨，展現著台南的文化氛圍，席開十桌，地主方端出了在地特色，大家都非常的喜歡這樣的氛圍，主人盡到了滿滿誠意的地主之誼。

夜晚入住安平區獨棟民宿，我們總共住了八棟民宿，都在同一區，夜裡大家可以串門子，這區是新式的建築，每棟大約五間房左右，有客廳、小廚房、交誼廳，是近幾年來的趨勢，尤其這幾年的疫情，包棟的民宿因應而生，我住的這一棟平日包棟一萬八千元左右，假日大約二萬五千元，主人說可以看不同時段調整，有年輕的管家接待，早餐是台南特色早餐，也是外購，浴室非常現代寬廣，三層樓建築，頂樓還有烤肉區，看著夜景放鬆心情，很適合我們這樣的族群，可以聯誼交換意見。

第二天是我最期待的電影欣賞，在全美老戲院包場，播放環境保護片：尋找神話之鳥，導演梁皆得先生特別在前一晚趕來台南，今天和我們一起欣賞並且介紹影片，因為很多會員的民宿提倡環保旅宿，特別指定觀賞這部影片，今天是我第三次觀賞，對於導演二十年的職人拍攝精神，仍然非常感動，長期野外觀察拍攝，國內國外的追蹤黑嘴端鳳頭燕鷗，研究者的連結與孵育，整部影片呈現出對環境與生態的保育精神，許多民宿夥伴對梁導都不陌生，像是澎湖的候鳥潮間帶主人美滿，跟梁導已經是好朋友，每次梁導到澎湖一定住美滿的民宿。

我們這群人，平常各忙各的民宿，一旦集會，就好像一個大公司的股東會議，分享著各自領域的知識，各縣市的主辦者更是竭盡所知的服務，希望自己所在的縣市更被瞭解，往往也得到當地官方的認可與協助，這次除了台南市觀光旅遊局力挺，還有雲嘉南濱海國家風景區的長官也蒞臨，這也讓我想到原來台南的業者也跟這兩個單位的資源有連結，我們後來到井仔腳鹽田去參訪，雙春濱海遊憩區搭船看紅樹林，也都是屬於雲嘉南濱海國家風景區的轄管，當然也吃到了著名的西瓜綿魚湯、虱目魚香腸等地方美食。

台南跟金門一樣擁有許多古蹟，由夥伴帶領的老街與古蹟巡禮，以中西區的老屋民宿與老街為主，分為三條路線，我這隊是由樂客背包旅棧的平安帶領，跟隨著她精采的導覽，進入台南的世界，多了深層的認識，走進永樂市場，一樓是美食小吃，二樓仿佛走入另一個時光世界，幾間安靜的特色小店，布置得很有巧思，有咖啡店、餐飲店、甜點店，可惜早上很多沒有開，期待下次再來訪，民族路三段一帶的小巷弄，更是轉角就有驚豔，久聞台南文創，除了林百貨以外，這些散布各地的文青文創，已然是台南旅遊的重心。

一趟旅程下來，內心滿滿感動與想法，在疫情期間，謝宅主人分享了另類突破，他把台南美食整合，做成網購，讓民宿沒客人的疫情期間，聯合有名的祿記水晶餃、明新包子等六家手工美食，推出美食包，寫著書法字「台南來了」送到你家，相當成功，另外竺馨居勇哥也開發出三隻小豬網購，古早味肉燥、東坡肉、黑豬肉香腸，取了個巧名讓人易懂，他們都是民宿業者在疫情期間的巧思，有時候專長的結合與分享，更能為自己展開不一樣的天空，這樣的團體讓大家不知不覺有了新的能源，有了持續的動力，回到各自的縣市，繼續努力，民宿並不孤單，是一個大家庭，不是只有一棟房子，而是擁有一大片天空。

【彩凡的再次來訪】

樂觀開朗的彩凡，每次來訪都帶給我滿滿的正能量，有時候其實我也沒有決定一定要帶她去哪裡？她卻有著一種力量，再回來的時候，可以銜接上我們上一次的情感，彷彿時間根本不存在似的，我們又開始很熟悉的無縫接軌，我想這應該是她的個人魅力吧。

有時候彩凡帶兒子回來，從國小畢業一直到現在大二了，有時候還帶上老公，她說第十年了，不知不覺我們認識十年了，以前回來的時間差不多都是暑假，都會參加我的行程，一點也不怕生，有一年碰上金門國家公園水獺的課程，有一年跟我去學畫畫，畫水彩有模有樣，她是自然科老師，卻甚麼都願意嘗試，有一年去尋找小村落的藍晒圖牆、后浦十六藝文、成功村牽罟，一見面我們總忙著細數做過的事，然後時間就這麼接上了。

人與人之間很微妙，有些人一見如故，沒有刻意，談話舒服，有些人你就是刻意要接近卻愈離愈遠，合不合得來一點都不能勉強，我總是會找一些新景點，

像是高洞、天坑，或是一些新開的文青店，像是橫青、茶淞，不管我帶她去體驗甚麼，總是很好玩，很開心，真的很奇妙。

今年她來的時候，人生換了跑道，離開公職的教職，以自己的興趣方式教學，還會滑雪，這些年我看著她依自己的步調享受著生命，覺得很有勇氣，或許我跟她差了十多歲，有些事情我現在已經無法追求了，所以跟她在一起，或許讓我稍微感受到青春的活力，她就像一股熱能，常常回來幫我充電，而我就像姐姐，盡力照顧著她的假期，回首這段緣分，覺得非常幸福。

【節氣四・春分】

春分 0320-0322 之間

03/21

《月令七十二候集解》：

「二月中，分者半也，此當九十日之半，故謂之分。秋同義。」

有春分也有秋分，很美麗的節氣名字，

春分者，陰陽相半也，故晝夜均，白天和黑夜一樣長。

春天的晨光漸漸劃開，照耀在古厝的燕尾與紅磚牆上，散步在聚落，走一趟建築史，是很舒心的事情。聚落的古厝與洋樓交織著一趟歷史的時光走廊，從明代到清代的古厝，到近代的洋樓與花磚，多少的故事在這長廊裡展開，多少的時光曾經如此流動著。

【春天的金門】

美麗的金門，位於廈門灣九龍江口，目前開放金廈小三通，搭船到廈門約三十分鐘，卻是與廈門完全不同的生活環境，這裡沒有重工業和工廠，早期以農漁業為主，一九九二年開放觀光，遊客漸漸增多，許多的戰役史蹟成為觀光的景

點，明清兩代建造的閩南式建築特色仍然被保留，氣候四季分明，是個美麗的海上花園之島。

眾所周知，金門縣在兩岸冷戰時期，是位在台灣的最前線，有許多軍事設施、坑道，開放觀光以後，這些設施變成了觀光資源，許多國外的旅客慕名前來，尋找歷史的痕跡，像是古寧頭戰史館、翟山坑道、八二三戰史館、北山播音站、莒光樓、馬山觀測所，因為當時的需求，所建造的設施及史料館的介紹，現在變成了觀光的勝地。

清末民初，許多金門人為了營生，紛紛下南洋做生意，所謂的南洋就是現在的泰國、菲律賓、印尼、馬來西亞、新加坡等國家，當時這些國家很多都是歐洲的殖民地，金門人賺到了錢以後，紛紛寄錢返鄉興建一些南洋風的洋樓，像是位於金門島西南方的水頭聚落，除了有許多明清兩代興建的閩南式建築外，更有許多落番回鄉興建的南洋式洋樓，統稱為番仔樓、番仔厝，洋樓上的圖騰有東方的雙龍搶珠、也有西方的天使、玫瑰花等圖騰，可見金門很早就接受外來文化的影響，豐富了水頭聚落的建築風情。

春天的雨帶來了豐沛的雨水，滋潤了田裡的小麥，一片欣欣向榮，走在聚落的外圍，美麗的小麥田迎著春風搖曳，水頭聚落內美麗的洋樓風情，除了建築風格以外，牆上還貼滿美麗的花磚，這些美麗的花磚來自日本外銷的彩瓷，裝飾著洋樓，生動而漂亮，在陽光下顯得更艷麗，整個聚落除了古厝以外，更有幾許南洋式風情。

來到水頭聚落，有許多

閩南式古厝建築修復利用成為民宿、餐廳、賣店，這些民宿大都提供金門傳統式早餐，像是廣東粥、燒餅、油條，用完早餐，逛逛水頭聚落的建築，像是走一趟歷史的迴廊，有開放的展示館如得月樓、金水國小、僑鄉文化館，滿足旅者歷史知性之旅，卻下塵囂，享受休閒的假期。

小時候只顧著讀書、生活，完全不知道金門的歷史與建築具有這麼多的特色，回到家鄉以後，才開始慢慢的懂得這些獨特的寶物，雖然我是在後浦小鎮出生，沒有聚落的生活經驗，但後浦也有不少的洋樓建築，我家前方就有一棟紅磚屋式的洋樓建築，小時候總是很羨慕的覺得那應該是有錢人家住的，我家後方不遠處也有同學的家是紅磚式的洋樓，現在才知道是歷史建築，最近正在修復，原來金門雖是小島，因為落番的影響，長輩們的視野是很寬闊的，打拼的所得往往是回鄉蓋起洋樓，光宗耀祖，也保留下了這許多珍貴的建築。

【金門春天的新鮮海帶】

每年清明節前後，我會開始留意水試所的海帶消息。

緣起於一位熟識的師父，有一次跟我說她很喜歡金門新鮮海帶，第一次我傻傻跟水試所買剛採回來的海帶十斤，回到古厝的時候，開始刷洗起來，才發現沒那麼容易去泥。忙碌了一整天，刷得腰酸背痛，上面附著的泥土，很難清洗，要用菜瓜布輕輕去除，有時候黏著太嚴重，只好剪掉部分的海帶放棄，經過第一次的經驗，以後再也不敢買未處裡的新鮮海帶了。

去年看到水試所公告，新鮮海帶有洗過，而且還幫忙燙煮好才賣，感覺非常的貼心，於是我又買了一些寄給師父，海帶盛產時期，單單採收就已經很忙碌了，水試所忙碌之餘還能這麼貼心，為大家先處理過，真是很窩心，我因為在鎮上長大，從小沒接觸過這些海邊生活的經驗，對我來說要自己清洗是一件很困難的事情。

我也買了一些，分裝後，冰在冷凍庫，日後燉湯，味道鮮美，營養健康，天然的海味是一道佳餚，喝了感覺身心很精神，加上蘿蔔一起煮湯，味道絕配鮮美，也可以做成涼拌菜，切好上桌，生在島嶼才能夠享受這麼天然的好東西。

也許是從小時候，就常以海裡的食物為主食，養成了喜歡天然的食材，加上生性不愛甜食，偏愛食物單純的原來美味，也不喜歡加工製品，從小母親總是親自煮食，讓我們放學回家，有熱的飯菜吃，養成了好的食物攝取概念，兄弟姊妹們個子都長得很高，身材也很適中，這要感謝母親辛苦撫育之恩。

母親常說，以前退潮時，浯江溪口有許多的海中食物可以撿拾，如石條上掉落下的石蚵、螃蟹、蛤蜊等等，跟幾位姊妹淘夕陽西下時，一起比賽誰撿的多，母親說她總是比較弱的那一位，撿得最少。物資不豐盛的年代，她們有著單純的生活方式，如今想來，已經是非常富足，充滿感恩，看到海帶，又想起母親的好廚藝，母親溫暖的笑容，春分是思親的季節啊。

食物總能喚起記憶，享受食物的當下，一些孩提時的經驗，像跑馬燈一樣迴盪，總是習慣的買母親常煮的食物，雖然已經無法煮出當年的味道，吃的時候配合著記憶，腦與口常常一起感受歲月的回顧，這也是一種思念的方式。

【節氣五・清明】

清明 0404-0406 之間

04/05

清明大約是四月四或五或六日，金門祭祖的大日子，
這個時節也是金門的雨季，天氣變化很大，
冬天的外套還不能收，有時夏天的短袖加上冬天的外套穿著，
早晚溫差還是很大，沒有下雨的時候陽光也是很耀眼。

開滿花的石斑木，妝點著古厝的芳香，這個季節有許多花妝點著古厝，長壽花也是很喜氣的花，白色的繡球繡線菊也很漂亮。

古厝在雨季要小心防潮，古厝的木結構飽含水分，打開冷氣除溼，紅磚的地板吸水好，還不至於返潮，百年院子的石板地容易濕滑，走路要小心，卻因為雨水充足，開滿了花的古厝有一股淡淡的香氣，百合也悄悄的開了，彩葉也開出了

紫色的串花，幾盆草莓盆栽，有美麗的紅豔豔草莓，特別的酸甜，自己種的很有成就感。

【清明時節雨紛紛】

每年的清明節，大哥和大弟夫妻會回金門掃墓，最擔心的是起霧飛機不飛，常常在機場往返等候，有時候等了兩三天才能回鄉。這一次，大弟又碰上了起霧，今年的霧從四月一日開始，每天都很少有班機起降，沒想到四月五日早上能見度只有一〇〇公尺，心想不妙，果然，大弟在機場等了一天，直到晚上九點才有軍機可搭，每人收一千元，到家都已經快晚上十一點了，回鄉的路真是辛苦，清明節往往

是金門的雨季，又伴隨著起霧，影響著班機正常起降，每天早上拉開窗簾看著天空，如果遠處的廈門模糊一片，看來又無法飛航了，滯留或在機場空等一整天，遊子的心情就像那霧，起起伏伏，說也說不清。

以往母親還在時，母親也會回金門掃墓，母親還回來住過幾次古厝，母親說我的古厝比起小時候外公後浦的古厝還要小棟，令我非常的訝異，因為現在的古厝格局是雙落雙護龍，對於閩南式傳統建築來說已經是很大棟的古厝了，沒想到母親還嫌小。

母親的記憶中，位於金城鎮上南門里的古厝，很大棟，有很大的院子，可惜因為日據時期，金門人種鴉片，上繳日本政府剩下的鴉片會流入到民間，外公因為膝蓋痠痛，吸食鴉片後會減緩疼痛，便漸漸地吸食了起來，隨著一天天的吸入量愈來愈多，漸漸成癮，當時大家的經濟都不好，如果染上鴉片惡習，對於家裡的經濟是一個很大的支出，漸漸的外公拆了古厝的圍牆紅磚去賣，還是不夠用，最後用五百元整棟古厝賣掉了，母親每每嘆息說：好可惜，好大棟的古厝啊。

所以從我懂事以來，一直住的古厝，是母親租來的，我們住的古厝不大，前院的牆與前一棟古厝的後牆相接，所以門是開在側邊，側門進來有一個過水廊，然後才是院子，院子左邊正對客廳，客廳左右兩間房間，左邊是母親的房間，右邊是我們小孩的房間，母親的房間有一張紅眠床，一個梳妝台，床的腳邊有一塊簾子遮住裡面的尿桶，上廁所的時候不會被看見，紅眠床很精緻，上方有抽屜，可以藏一些貴重的東西，母親把一些首飾夾在衣褲之間，收在抽屜裡，有點安全感的藏法。

母親每隔一年多或兩年，就懷孕生一位弟弟或妹妹，新生兒睡在紅眠床的中間，接著是我，我常常看見母親幫新生兒餵母乳，或是用棉花沾水擦新生兒的嘴唇。我開始上學之後，便移到客廳另一端的房間睡，換成母親跟十妹和十一弟睡在紅眠床，母親生到十一弟之後，開始裝了新潮流的避孕器，是做護士的大姊的建議，到衛生院做的裝置，母親撫養我們十一位孩子，雖然艱辛，卻少見母親疾言厲色地罵我們，是一位有著溫柔性情的母親。

母親房間的門前廊道、銜接著對面的房間是櫸頭，父親的單人床房間，父親可能因為要工作，怕夜裡嬰兒哭聲會影響睡眠，從我懂事以來，他們都是分房睡的。小小的一間樑頭房間，有一張單人床，一張椅子一張小桌子，還有一個碗櫥，放著一些廚房用具和沒吃完的食物，以防老鼠偷吃。門開的方向正好對著母親的房間，有時候他們可以直接對話。

廊道更深入的盡頭是廚房，廚房還有另一個門，出去是小院子，小院子有一個小小的通道，可以通到前面的另一棟古厝，鄰居家的房子，當時的古厝總是這樣連來連去，並沒有明顯的阻隔，或許因為大家都是親戚吧，或許是為了省土地，能蓋多大就蓋多大。母親有時在這個小院子會養一些雞鴨，餵一些多餘的飯菜廚餘，碰到年節就可以加菜，記憶中也有養過小黑羊、小白兔，這些家禽往往也是我們的寵物。

我們上學的時候，母親在家忙碌著，中午放學回家吃飯的時間不長，學校都在十分鐘腳程內，母親總是準備好熱騰騰的飯菜在桌上，讓我們能快速吃飽繼續走路到學校，由於是住在鎮上，走去小學和中學的距離都不遠，所唸的金城國中更近，走路大約五分鐘就到了，從古厝出門，繞過巷弄，漸漸的會碰到一些同學，大家都是從小巷弄鑽出來，最後過個馬路，就到學校了。日子就在這樣的平靜中渡過，雖然家裡經濟有點不寬裕，但對於我們小孩來說，也不曾餓過一餐，即今思之，仍然覺得不可思議，父親母親真的很有本事啊。

我國中二年級的時候，外公過世，我還有點印象，父親在送別時落寞的神情，那是我第一次看到他憂傷的眼神，父親一直都是堅忍的嚴父形象。我高中一年級時，父親也生病過世，當時所住的古厝已經常常下雨就滴水，往往要擺很多的大盆小盆來接水，常常弄濕了衣物，於是，我跟大妹說服母親搬到新式的透天厝居住，那個年代，只要先付給房東一整筆錢，每個月就不用付房租，等於是用利息付房租的概念。

所以，我們搬離了南門里，到街上的西門里居住，離我所唸的金門高中又更近了一些，我們租在新式透天的一樓左邊，有三個房間，兩個客廳大家共用，有一個廚房和公廁馬桶也是共用，我們很開心，終於不用再端尿桶到屎礐倒了，這對於青少年的我來說，算是新生活的開始。

從新房子的後門走出去就是大街，左邊就是金聲大戲院，那時候開始看林青霞的電影，八百壯士、我是一片雲等等，這樣的日子直到我高中畢業去台灣，算是過了兩年假日不用再擦金紙、貼補家用的輕鬆讀書的日子。

母親在前幾年也離開了我們，沒有葬在金門，選擇了榮民可以葬的南港軍人公墓，清明節我跟回金門的兄弟一起掃金門的墓，是從鼓浪嶼遷來金門的祖父母、父親、外公的墓和靈骨塔，跟我最親的母親，反而無法在金門掃她的墓，由居住在台灣的其他兄弟姊妹負責。

我們掃墓準備的東西，由哥哥和弟弟負責，購買一些茶點和水果，我準備高粱酒祭拜，父親和外公各供奉一瓶酒，聊表思念，父親在世時，每天都喜歡小酌高粱酒，當時的家境不允許，偶爾去跟隔壁的雜貨店賒賬，母親總是隨後就跟去付清酒錢，這樣父親有錢時才會拿出來還，母親不喜歡跟鄰居欠款，父親卻常誇讚雜貨店的老闆很夠意思都不催款呢。

清明時節雨紛紛，讓我思念起小時候的生活，有著父親母親的大院落，還有一群兄弟姊妹的陪伴，這也是我喜歡古厝的原因吧。這個時節是雨季，如果吹著南風，來自海上的溼氣籠罩整個天空，古厝在霧氣中特別充滿詩意，看著一陣陣的霧氣，從空中飛落，白色的水氣在燈光下飛舞著，因為雨水充足，古厝旁邊開

過的櫻花，結實纍纍，紅透透的櫻花仔，顆顆滿含水氣，我採了一些，擦掉上面的水滴，陰乾一下午，放進金門43度的純麥酒，等著白酒慢慢變成櫻花紅，增添酒的香氣，可以品嘗獨一無二的特色櫻花純麥酒，讓這個雨季多一些浪漫的期待。

雨水豐沛的季節，植物也長得很快，春意漸漸濃罩著古厝，仿佛在一個冬季之後，慢慢甦醒，清明是一個明顯的季節，有句話形容燕子來的季節：「來不及清明，過不了中秋」，金門的天空除了麻雀又多了燕子的呢喃了。

【節氣六．穀雨】

04/20

穀雨 0419-0421 之間

穀雨節氣，氣候溫和，雨水增多，有助於穀類作物的生長，是唯一將物候、時令、與農事緊密結合的一個節氣，有句話說：「清明斷雪、穀雨斷霜」，意味著寒潮天氣結束，雨水滋養萬物。

【垂枝茉莉花開了】

園圃裡的一株垂茉莉，栽種第五年了吧，剛從傳統市集裡買來的時候非常漂亮，開滿了小花，小花順著枝條垂下來，纖纖細細的有更小的枝條，掛著許多朵可愛的懸垂穗狀白色的花，看起來惹人憐愛，有一種撒嬌的可愛樣貌，我總是忍不住駐足，欣賞它的嬌美，驚嘆這麼小的枝條，竟可以承載這許多花兒，枝條一定是有著韌性的堅毅。

它還有個更美的名字，白玉蝴蝶，白色花瓣五枚，花蕊脫離花萼前伸開花，好特別，彷彿堅持要自己努力開花一般，呈現出純粹的美麗。

平常我把它放在園圃裡，等到開花期則要搬到院子裡來，平常不能全日曬，保護嬌弱的花，常常澆水，保持濕潤，長枝條的垂茉莉，盛開時，很像華麗嬌美的新娘面紗，也有一簾幽夢的浪漫，在春風裡搖曳，是很棒的春日植物。

早上因為它的花開，讓我有了好心情，在忙完客人之後，驅車前往茅山塔，想看看海，聽聽潮聲。春天真是美好的季節，停車場的榕樹旁，常綠灌木叢，有許多的小白蝶，圍著綠叢飄飄起舞，附近聽到幾聲孔雀鳴叫，我四處走訪，卻不見蹤跡，斑鳩與八哥倒是很多，抬頭一眼看見高處的電線上，一隻栗喉蜂虎，啊夏天的精靈，這麼快，跟春天搶時間，季節交錯的驚喜。

許多年之前，剛來到水頭聚落，朋友說茅山塔有栗喉蜂虎的窩巢，我們走到一隱密處，走進一條小土路，紅土的坡面，有許多小洞穴，美麗的栗喉蜂虎，飛舞著栗色與藍綠色、黃色的羽毛身影，飛翔在土坡上，讓我驚喜連連，之後便常常騎單車過去看它們，每天午后黃昏時刻，是我的愜意時光，跟鳥熟了以後，也不需要用望遠鏡了，隨興一抬頭，便可確認它的蹤影。

後來，后壟的青年農莊，開始有了人工棲地，鳥量大得多了，我便也轉往欣賞，很容易就可以用手機拍攝到美麗的鳥兒入鏡，還可以隨興錄一段鳥兒飛翔的身影，便漸漸遺忘了茅山塔的窩正確的路徑，也好，此時此刻又遇見它們了，想必窩巢還在附近。

只是，孔雀突然變得無所不在了，走在停車場到氣象站的中途綠園道，左邊的樹蔭深處，有兩三隻孔雀美麗的身影，我驚喜地舉起手機，它們當然也靈巧的

逃逸，它們的敏銳度好快，可能這一帶人不多，漸漸變成它們的天堂，這條步道緩坡上升，到了氣象站緩坡下降，可以一直走到海邊，眺望小金門與大二膽，或者從右邊階梯直上茅山塔，是很好的散步路徑，我喜歡一個人走，緩慢地散步，天地與我為伴，滌清思緒，非常舒服。

每次走在這條路上，偶爾有人騎車到海邊，偶爾有人散步，更常的時候是一個鐘頭內沒有遇見任何人，像是聚落的外圍，遠離參觀的遊客人群，在綠色的樹蔭擁抱裡，與藍天為伍，海潮為音，人生境地飽滿知足，微風徐來，此地此時此心，無法言說。

後來當我買了一個比較好的相機，我

的第一個念頭，就是趕快跑來拍孔雀，等了幾次，終於在一個清晨，人不多，陽光不太艷麗的時辰，讓我拍到了它美麗的身影，好像是一個家族，悠閒地走過小徑，時而吃起美味的早餐，優雅的身姿，終於讓我捕獲到了，好開心，拍攝的時刻，感覺相機就是我的朋友，在美麗的那一刻，我們一起分享了當下的雀躍，雖然是一個人，卻是一點也不孤單，原來相機也是一位生活的伴，看你要帶著它走向哪裡的美景，它總是開心的陪伴著你。

後來我還拍到了許多美麗的鳥類，像是黑面琵鷺、蒼鷺等等，可惜有一次看到了翠鳥，它敏銳的飛走，我來不及拍，散步時多了一點點期待，金門生態豐富，像是浯江溪口、慈湖，都有許多的驚奇，有時候甚至是開車，路上也會有可愛的鳥兒突然出現，這美麗的島嶼，用它自身的美麗與我們生活著。

【金門也有地震】

二〇二四年的穀雨，不只花蓮地震不斷，連金門都有感受到搖晃，一天早上，我躺在床上跟朋友講電話，床居然搖了起來，台中的朋友在那頭說：地震，這是很驚嚇的經驗，金門居然也有感，我睡的是五樓，突然覺得不該住這麼高的樓層啊，接著想到古厝，如果地震太大，古厝會不會有損傷。

這個季節春雨不斷，連接著地震，金門的早晨常常起霧，這個月幾乎有一半的時間在起霧，有時候一整天能見度50-100公尺，有時候近午陽光出來才開場，飛機停停開開，很沒有安全感，要搭機的時候心裡有點擔心，島嶼的不便性，在這個季節感受特別深，一旦起霧沒有飛機沒有船，金門島像是鎖在大海中，哪裡也去不了。

想起我小時候，當時還是戰地政務時期，金門廈門沒有交通往來，只能在島嶼上生活，當時年紀小，不知道大人們的煩惱，尤其出生於鼓浪嶼的父親，早已經習慣了金廈一日生活圈，把他鎖在島上內心一定非常孤寂，難怪小時候常覺得父親的脾氣一發不可收拾，有時候又很沉默寡語，當時去一趟台灣是大事，交通沒有現在頻繁，印象中父親從來沒有去過台灣，因為也不能回廈門，餘生一直在島上陪伴著我們。

【追憶——掙扎的情感】

活了一輩子的
都將灰飛煙滅
你說
為我留下一些省悟
便是勉強的此生價值
我打開每個櫃子
翻開每一層抽屜
企盼除了我認識的你
還能有一些甚麼發現
我頹坐在夕陽的河堤
除了日子一頁頁的飛來
巷弄的燈影

拉長了我的背
漸漸走向你熟悉的晚年
熟悉到我沒有流下太多的眼淚
當時的時光不是此刻的時光
我卻將活成了你的模樣
是對你最大的懷念

【閱讀筆記】《為什麼孩子要上學》

最近看一本書：《為什麼孩子要上學》，買了一陣子了，一直在書架上，慵懶的春天，院子的一盆梔子花，不知怎麼的一夜變黃，我看它被石條花檯擋著陽光，於是順手將它拉到院子中間的圓桌旁，一陣微風吹著它的黃葉，在木椅子邊，我聽到了它歡欣的聲音，好像在跟我說：早就該這樣了，誰說花不能隨意擺在院中的桌邊呢，瞧，它隨風舒展著，在午后的春光裡，一陣黃一陣綠的搖擺，很有午茶的氛圍呢。

於是我拿起這本書：《為什麼孩子要上學》，果然很符合此刻的心情，驚喜處處，翻到第一七六頁：「沒有無法挽回的事情」。作者在小時候，父親意外之後，夜裡聽到母親悲苦的說：「再也無法挽回了」，有一種憤怒而深具威力的聲音。讓作者至今難忘。我非常明白那種痛，在我母親離開之後，我就是這樣的心情，許多年過去，那彷彿是一道線，無法跨越，撩開了會痛，所以一直鎖著，在某個遙遠的海中小島，沒有船隻或小艇，孤獨而悲傷。很奇怪的，因為曾經這樣的痛，之後生活中的種種，尤其是人與人之間的誤會，或者是傷別離，在相較之下，似乎就變輕鬆了，沒有那麼痛了。

「是的，無法挽回了。」

當時，原來我的心，也是如此想著。

後來，漸漸試圖解開，除了這個最無法挽回的遺憾，其它，都可以用一種不被傷害的方式，告訴自己，離遠一點看待，假設面前有一面盾牌，擋著，不管拋來的是甚麼，不要去接，不要去回應，讓傷害彈回去原來的地方，就沒有那麼無可挽回的傷痛了。

甚至內心常常想到，從我們出生之後，就在朝同樣的地方走去，或許有一個地方，我們以後都會去的，不知道是否有一條單獨的路，不太好走，現在這些不喜歡你的人，如果到那時候，也是都會在這條路上，要去相同的地方，彼此相逢會後悔嗎？後悔此刻的行為，此刻沒有解開的這些結。面對這樣的困境時，選擇忍耐，讓時間去處理，都說了時間像風，如果風兒慢慢吹，就會吹走了這些遺憾吧，而確保未來走在天堂的路上，彼此還能默默相伴而行，這樣一想的時候，好像沒有那麼無可挽回了。

大江健三郎，諾貝爾文學大師，一九三五年出生於日本，比媽媽小六歲，這樣一想，感覺更接近了一些。寫這本書的時候，跟我現在的年紀相仿，卻已得諾貝爾獎。作者十歲那年的秋天，日本戰敗，人心惶惑，作者開始思索為什麼要上學，在森林裡用植物圖鑑認識森林的樹木，深深執迷其中，深信不用上學也可以學到自己想要學的知識，幾個月後，初冬的一場大雨，作者在森林裡迷失，被找到的時候發燒生病，大病過後，回到學校，才發現學校的可貴，大家可以一起讀書，一起遊戲。

第二次經驗是自己的小孩，腦部異常，手術以後，發展遲緩，但對於聲音的高低、音色非常敏感，本來思考在家學習，要不要讓孩子上學，後來還是安排進入特教班，喜歡安靜的他，一直無法適應，直到找到了和自己處得來的同伴，一路互相幫助學習，完成高中學業，他們雖然有點不同，卻因為互相扶持，完成了學業，再次讓作者確認了孩子為什麼要上學的疑慮。

在學校裡多元化的學習，是為了幫助自己找到真正喜歡的科目，進而培養出自己的專長，雖然在家裡自學也很好，但同伴的互相學習也是很重要的。也許是同伴的精神相陪，互相鼓舞著，而順利的走完學習之路。

記得在我小學時候，很喜歡上學，因為家裡手足頗多，沒有自己的讀書場域，擁擠的生活環境，讓我很喜歡學校的寬廣，老師的教導非常豐富，讓我的精神非常滿足，可以忘記生活上的貧乏，生活中的單調，我喜歡每天都可以有新知識的灌溉，讓我的心靈非常飽足。

所以當我小學畢業時，母親猶豫不讓我升學，需要留在家幫忙家務，我是多麼的傷心，哭著跟媽媽說，我要上學，後來慶幸能繼續升學，每到寒暑假，我總覺得時間無比漫長，每天在小小的桌子上，擦著金紙，心裡空空蕩蕩，時間仿若靜止，一無所學，我很怕這樣的日子，與外面脫節，一無所知。

國中時的暑假，我被姊姊帶回來的皮膚病傳染著，手上長出了許多小痘痘，破了，手指頭都黏在一起，還是勉力的擦著金紙，心裡一直擔心，如果開學了，還沒有好怎麼辦，後來，連腳也長上這些怪東西，開學了，拐著不太順利的腳，堅持去上學，母親很訝異，我為什麼沒有放棄上學。

母親不知道，我的心需要許多的知識來填滿它，否則生命將黯淡無光，雖然還不懂得唸書能做甚麼，只知道不上學會很不快樂，為了逃避不快樂，一直跟母親說我要上學。在看到這本書的時候，才猛然發現，原來是這樣啊，原來是因為有同伴，一起讀書，一起學習，改善了生活的困境，這樣的快樂，讓我喜歡學校的學習。

在學校裡，我還發現，家裡沒有錢沒關係，可以參加各種比賽，只要你可以做得到你就可以參加，像是吹口風琴，在早晨的升旗典禮上，就可以站在樂隊裡，像是演講比賽，就可以學會怎麼表達說話，跳舞表演，可以打扮成漂亮的樣子，有時還可以扮演農夫，查字典比賽，可以獲得字典的獎品，美術比賽，可以獲得整盒完整的蠟筆，在這些參與中，我跟別人是一樣的，無關乎家境的好與壞，讓我學到了，唸書是一條美麗的道路。更重要的，受到了重視，老師的讚美。

「我的讀書方法」中，作者提到，書和閱讀的自己也有just meet的時候，閱讀的能力在成長期，和年齡也有關係，還有生活經驗，

才能創造出just meet，為閱讀而作準備，等待時機成熟，就能達到最好的閱讀效果。作者從小為自己而讀書，找到了作筆記的方法，加深自己對文章的記憶，這樣的讀書方法，讓他不間斷的持續一輩子，成為自己生活的重心，並且適時加以修正，從孩提時代，到變成老年人的這段時間，自己心裡的那個「人」是一直持續著，繼續著的。

記得我小的時候，因為沒有時間閱讀，只能在學校裡更專注的聽課，心中一直希望有一天能夠有大把的時間閱讀，現在發現，停留在心中想的時間太長了，應該及時把握閱讀的機會，哪怕是一段段的細瑣時間，都是彌足珍貴的，閱讀的快樂就像在春天看到花開，剛好春風吹拂在美麗的花朵間搖曳，而你正好經過。

這本書深入淺出，讀來有趣，也可以讓我們反思自己的幼年影響，以及對孩子的教育，透過閱讀與寫作對人一生的影響，很適合親子共讀，許多觀念的篇章也很有警惕作用，像是「請再等上一段時間」、「想要變成怎樣的人」，以親身體驗分享的好文章，獲益匪淺。

（本文投稿刊登於《金門日報》副刊，2022.4.30）

【節氣七・立夏】

立夏 0506-0507 之間

05/06

標誌著夏天的到來。
第七個節氣。
立夏與立春、立秋、立冬一樣，
標誌四季開始的日子。

不穩定的季節，交替著陽光與小雨，月黑風高的夜晚，潮水沖起了浪花拍打著沙灘，踏浪的赤腳留下一個個的足印，若果正巧與浪花相遇，激起的潮水有著藍色的光，帶來陣陣的驚喜。

【藍眼淚】

這陣子的雨連綿下著，有時候太陽，有時候連下幾天的雨，這個季節是夏天的開始，雖然還沒有很熱，氣候是非常不穩定的，有時候穿著冬天的外套，有時候又可以穿短袖上衣，出門旅行的話，帶衣服要注意些。

金門的夏候鳥栗喉蜂虎，美麗的身影已經在林間飛翔，來到后壟的青年農莊，已經可以看到土洞中的栗喉蜂虎忙碌著覓食，從東南亞過來避暑的蜂鳥，每年這個時候來報到，會在金門求偶、交配、生小鳥，直到小鳥會飛，大約八月的時候，飛返東南亞，只要到牠們的棲地，像后壟、慈湖三角堡，都可以很容易的觀察到牠們，是這個季節賞鳥的重點，許多賞鳥人士都會來金門拍下牠們美麗的身影。

有一天夜裡，來住古厝的同學夫妻，相約去慈湖尋找藍眼淚，大約晚上八點多，天氣有點南風的溼氣，正值農曆十四，月光高掛夜空，沙灘上已經有一些遊客，蹲在沙灘上等待，涼爽的風徐徐吹來，有海的味道，我也蹲下來，將手機對著波浪與沙灘的接繫處，等待著一波波的浪花襲來，浪花碰觸到沙灘的浪要配合

著風，捲起的浪花要夠大，才能有藍色的光，我看著驚喜的藍光，從軌條砦的底端，隨著浪花，像一條藍色的龍一般，從我的右手邊滑向我的左手邊，迅速而美麗，像一條藍色的緞帶，有人用手挑撥，像跳舞那樣，但比舞蹈更迅速，來不及拍攝，就已經順滑而逝，我拍到了幾張微弱的光，畢竟手機無法迅速捕捉它的美。

看了一會兒，我們往前走，對面是金門大橋變幻的燈光，在沙灘上走走停停，吹著微微的海風，看著燈光的變幻，以及腳下的藍色奔龍，心情涼爽愉悅，這是我今年第一次這麼悠閒的來找藍眼淚，整個夜空的陪伴，金門的夜如此的寧靜與美麗，心非常的飽滿與放鬆。

【廈門茶葉博覽會】

疫情的影響，小三通關閉三年，今年（二〇二三）又開啟，於是五月十二日到十五日到廈門看春季茶產業博覽會，以前我跟朋友連續多年去廈門看秋季茶博的展覽，很少在春季的時候去，因為規模比較小，而今年在睽違三年之後，我們再也不想等了，因為疫情很難說，所以跟朋友相約五月十三日到廈門看展。

整個展場展出了茶葉、茶器具、包裝材、木製品、棉紗製衣服，雖然這次只有A1-A8的展館，廠商仍然很多，我們整整逛了兩天，還是有很多沒有逛到，這次的人潮沒有以往人擠人的情況，另外也有看

了旁邊B館的佛事用品展，算是頗有收穫。

這次的茶博展，同樣有福鼎白茶、武夷山紅茶、普洱茶、鳳凰單叢，我們走累了就找一攤茶商坐下來，好好的品嘗他們的茶，聽他們說茶的知識，偶爾也買一些自己喜歡的茶種，這次特別品嘗了潮州的鳳凰單叢，分辨不同的茶香如宋種、蜜蘭香、鴨屎香、杏仁香，也很喜歡武夷山的金駿眉，採自茶葉尖端的嫩芽，像眉毛一樣細細的一條條，沖泡的時候不能浸泡太久，即沖即倒，特殊的口味嘴裡香氣回甘，令人驚喜。

茶展第三天的時候有些茶葉已經缺貨，比較無法多樣選擇，但是慢慢先喝師傅泡的茶，慢慢聊一下茶區的知識，就像旅行一般，茶區彷若眼前，如果喜歡也可以加他們的微信，請他們日後寄過來。

至於茶具的攤位與精緻，讓我目不暇給，走走停停，累積常識，看到喜歡的要趕快做決定，因為展場太多攤了，不一定會有力氣再走回來攤位尋找，剛開始逛的時候，比較能控制想買下來的慾望，一看是人民幣的價格，心裡會默默的乘以四．四二，但是等到買開了以後，就無法想這麼多了。

一個宜興紫砂壺開價人民幣二、二〇〇元，最後殺價到一、五〇〇元成交，今年有許多的攤位展示銀製的煮水壺，平常在淘寶網站就常搜尋到，因為不懂很難看出好壞，透過這次機會好好的鑑賞，觸摸一下手感。

老闆說銀的作法有很多種，純銀色是傳統的作法，其他還有做成鏡面的、做成鐵壺的黑色，我最後選擇了純銀色的煮水壺，這個壺用掉我最多的人民幣，買了這個壺之後，身上現金不多，開始用微信掃一掃付款，真的是買開了，愈看愈覺得漂亮想買，就開始告訴自己，自己缺少的就是這個壺，銀壺真是不給講價，三千元的銀壺頂多折一百元，店家都說他們是做批發，用意在推廣，不能殺價，想到一趟路途遙遠，只能忍痛買了。

佛事用品展的部分，有許多的金身大佛、佛教器具，還有一個令我開眼界的

敦煌壁畫展，模擬敦煌壁畫和北京法海寺的壁畫展出，在暗黑的房間裡用手電筒照著壁畫，身旁有服務人員說明釉色的來源，都是自然界的原料取材，不容易退色，畫家的細膩工筆，畫得非常的好，連我不懂畫的都很喜歡，有幾幅觀音像的工筆畫，還有掛滿牆上的大幅作品，我後來在網路上找到介紹，要畫這麼大的畫實在不容易，先用鉛筆描圖，再一一上色，要花很多時間，好佩服畫家這樣的精神。

回到金門以後，發現用微信支付的好處是，可以找得到店家資訊，以後可以透過微信繼續購買，也可以透過微信支付記帳，看來下次要盡量用掃碼支付，回來後發現加了不少的店家微信，有一攤位是賣薄如蛋殼的小瓷杯，一個才六元，我買了十個，但是店家說他只帶那幾個，要先付款，等他寄給我，結果六十元的杯子，後來運費確定是二十一元，直接幫我寄到金門，他們的服務是可以相信的，不用擔心付款後沒有寄來。

逛完茶博展，好像上了一堂專業的課程，不只有茶葉可品嘗，還有各種茶具可增加知識，許多的種類與地名，都是以前地理課本上讀過的，有某種程度的熟悉感，學習將地名加上土地與氣候和習俗，比較容易記得每個地方生產甚麼，回到金門後，再從網路找一些資料，真是一趟不虛此行的充電之旅。

【立夏也起霧】

大家都說清明時節雨紛紛，容易起霧，其實這幾年氣候真是不聽人的話了，也不照常規了。都已經立夏了，五月十八日這一天，沒有預警的起霧，早上一起床，看到古厝的院子一陣陣的霧吹落，遠方的茅山塔在霧中失去蹤影，看了一下金門航空站的航空資訊，果然能見度只有七〇〇公尺，早班的班機果然延誤，到了早上九點，第一班機的旅客還沒有抵達金門，原來飛機在空中盤旋一陣，最後放棄降落，飛回松山機場了，因為整天班機客滿，而濃霧漸濃，就鼓勵客人直接在訂房平台上取消訂單，免得飛來飛去。

到了中午，縣府緊急加開一班船，從金門到嘉義港，因為今天有些學生要赴台參加甄試，怕延誤到考試，沒想到立夏了，居然還會無預警的起霧，班機一直到下午四點才有飛機降落，但是古厝的客人已經都取消了，只能自己悠閒的在古厝中泡茶，剛好來喝新買的鳳凰單叢，一罐二五〇克，付了九〇〇元的人民幣，因為比較蓬鬆，看起來大大罐，實際上只有半斤呢，茶葉的蜜蘭香，在舌尖中入喉，慢慢瀰漫，仿佛看到了雲霧繚繞的有機茶園，辛苦採茶的人們，配上一口安徽的黑芝麻酥，回味著美好的茶博會，只能隨緣自在，自己享受古厝的寧靜了。

【節氣八．小滿】

小滿 0520-0522之間

第八個節氣，物至於此小得盈滿。夏熟作物的籽粒，開始飽滿，但未成熟，農家期待夏收。

05/21

有人說節氣中有小滿，沒有大滿，是一種人生態度，知所不足，才能謙虛的對應世上面臨的所有人事物，而在順遂滿意的時候，仍然充滿感恩，感謝眾人的力量一起成就自己，所以這個節氣，有一種蓄勢待發的期許。

戴勝是金門的縣鳥，常常在草地上看見它的身影，這一次我帶了相機拍下清楚的牠，就在鄭成功祠的前方，牠忙著捕食物，沒有發現我的到來，真幸運啊。

到金門國家公園中山林散步，走在林葉之間，有一些植物開花了，季節在中山林傳遞了一種輪迴的感受，不同月份有不同的花開或結果，發現烏桕開花了，一串綠色的穗子，在綠葉之中特別的清新亮麗，雌雄同株，花序的頂部是雄花，基部是雌花，淡綠的花穗迎風搖曳。

烏桕在金門很多道路做為行道樹，在冬天裡紅色的葉子，絲毫不輸給楓紅，記得有一年十一月的時候，植物老師來住宿，教我們採集烏桕蒴果，將種子的外皮白色的部分，用電鍋蒸後，在酒精中萃取，可以成為冬天的保養油，或是做成手工皂，以烏桕做成保養品，絕對的天然，是一次很好的烏桕經驗。

木麻黃是小時候常常看到的植物，用來做為金門的防風林，記得莒光湖畔的小路，整條都是木麻黃，高中暑假的午後，喜歡跟同學坐在林中的石椅上乘涼、聊天，說著未來的夢想，母親做豆包粿時，會在蒸熟的粿上用木麻黃的果實小毬果，沾上紅色的印色，蓋在上面，非常的可愛。

中山林的步道中有的木麻黃開出雄毬花，一串串很特別，微風帶來的清涼綠意，讓我想起小時候金門的回憶，這也是我喜歡散步林道的原因，總是可以靜下心來，在林中與不同的植物相遇。

不同季節的花開，讓我覺得就像每個人都會輪得到當主角的道理，花期的時候，就會明顯的被看到，當你時間還沒到，就靜靜地吸取大自然中的養分，慢慢成長，等待花開，有的花期很長，淡淡的自有天地，有的花很漂亮搶眼，燦爛一下子也就謝了，像是林中的茶花，從冬天一直到五月還看得到花開著，而桔梗蘭，在平常都是綠色的一欉欉，走路經過常常忽略了它，這時它美麗藍紫色的漿果，在林道間不經意的分布

著，有時候開在紅土的縱壁上，有時候就在你的腳邊路旁，美麗的漿果讓我想到了項鍊上的寶石，晶瑩剔透，好誘人的美，有時候就在乾草堆上，遇見了它的靜靜的美麗。

【老兵的回憶】

五月二十五日早上，跟用早餐中的客人在古厝的廳堂聊天，王伯伯三十六年次，由孝順的醫師兒子陪同來金門，他說，民國五十九年左右在金門當預備軍官，十九期，營區是湖南高地，師長是宋心濂，這次特別去看看，離開金門後這些年都沒有回來過，很是興奮，許多地方改變很大，但屬於金門人的人情味還是很濃，一直讚嘆水頭聚落這些美麗的古厝與洋樓，肯定金門國家公園的修復與保護，整個聚落維護的很好，這在全世界是很少見的，以後有機會還會再回來看看，沒想到時間一過就是五十三年前的往事了，雖然只在金門待了一個多月，但是很懷念金門，王伯伯精神抖擻，身體健康很有精神，每天早出晚歸，走訪了許多地方，父子玩得很開心。

另一組是由女兒帶著父母和伯父，四人兩間房，住一晚，早餐時這位伯父——鄭伯伯三十八年次，他說，民國五十八年左右在金門當兵，共待了二十一個月，十九師虎軍部隊，張家驥是指揮官，馬安瀾是司令官，先是在料羅碼頭做碼頭，在海龍的隔壁，也待過南雄坑道，後來到小金門青岐港口，負責補給大膽、二膽的水和食物，要用漁船拉靠岸，還有復興嶼、猛虎嶼，在小金門一年多，也待過洋山，當兵的運氣不錯，常有時間去撞球。十七年前有回來過一次，但是跟團沒有像這次走得這麼隨興，這次也有去城隍廟看繞境前的活動。

他在金門有一個年輕朋友，在縣府上班，以前在台灣唸大學，曾經在同一間公司打工，還有聯絡，所以這次有去找他，敘敘舊。說起自己有開過腦瘤手術，還好恢復得很好，很感恩。這次很謝謝弟弟的女兒帶他一起回來金門，我跟他說旁邊金道地老闆娘就是小金門的青岐人，或許可以過去聊一聊。

原來女兒的父親是在澎湖當兵的，同樣是鄭伯伯四十一年次，他說金門的綠化比澎湖好很多，空氣很好，他很喜歡金門的氛圍，鳥語花香，綠油油的道路很舒服，澎湖風大，當年在井邊洗臉用的空臉盆常常被風吹走，雖然是第一次來金門卻很喜歡。

當他們準備開車離開的時候，剛好王伯伯也正要上車離開，在古厝前的廣場遇見，我幫他們介紹了一下，兩位老兵彼此熱絡的聊起來了，這麼巧，事隔五十幾年，大家都又回到金門。今早的天氣陽光普照，我們就這樣站在車旁，一直聊，我感覺到陽光炙熱的照在我的背上，很想找個陰涼處躲一躲，卻又被他們聊天的熱情吸引著，不想離開。

他們說以前都是木麻黃，單打雙不打，自己一個人站衛兵，油桶會熱脹冷縮，乒乒碰碰，晚上感覺很害怕，以前阿兵哥很多，現在這幾天都沒看到阿兵哥，說以前金門人做阿兵哥生意，也對阿兵哥很好，賣吃的，開撞球店的，大家都很好，也很照顧阿兵哥，他們愈聊愈開心，五十幾年的光陰就在這次的相遇中，濃縮了時間，一切都在記憶中，還好都是美好的回憶，當時的辛苦，對照今天早上的藍天白雲，辛苦都過去了，一切苦盡甘來的歡喜。

【迎城隍】

五月三十日是農曆四月十二日，金門迎城隍的日子，浯島城隍遷治三四三周年繞境，是後浦的大事。記得小時候，家住南門里，繞境隊伍都會經過家的前方、後方、右前方，感覺整個隊伍就像是繞著你的家在行進，這一邊沒有看到的熱鬧，可以繞到另外一邊從頭看，尤其在宮廟的門口，隊伍都會停下來酬神，有各種表演，像是蜈蚣座的妝人，小朋友上彩妝扮演各種角色，家長都會去幫忙，記得當時父親也會去參加南管樂的隊伍，跟著繞境。

城隍廟幾天前就有許多人去拜拜，愈靠近繞境的日子，各宮廟的神明齊聚一堂，整個城隍廟變得很熱鬧，晚上可以到廟口去看戲，

小時候阿公有一陣子住在廟裡，都會幫我們準備小凳子看戲，熱鬧的聲音，咚咚鏘，有時候在家裡都會聽得到，從家裡走幾步路就會到達城隍廟，是童年生活的一部分，自然的與家庭生活相融合。

二〇二三年的迎城隍，因為明年選總統的關係，候選人都到城隍廟祭拜，或者一起抬起城隍爺的轎子繞境，我在天后宮與民族路上的遶境隊伍碰到他們，很多人都搶著跟他們合照，媒體的攝影機一直跟隨著，今天的天氣特別的熱，大約三十度左右，抬轎遶境實在不容易，隔天各大媒體爭相報導，一時之間，金門登上各大版面，迎城隍的遶境習俗也廣為人知，真是特別的一年。

【古厝的雨季時節】

二〇二四年的小滿，迎來了雨季，豐沛的雨水滋潤了整個島嶼，古厝的木頭吸滿了雨水，院子的石板地被屋簷沖下來的雨水，陸續的把地板浸得濕潤中帶點黑色的斑點，也許是屋簷的紅瓦經過洗滌將陳年老舊的殼灰沖了下來，也許是院落盆栽的土壤多少被沖失了一些，感覺整個院子灰灰暗暗的，我喜歡明亮的院落，所以不下雨的日子，我們趕緊用加強水柱機沖洗石地板，希望恢復它的光亮，避免黑色的塵埃久了就洗不掉，幾天日曬幾天下雨，這整個季節就是如此輪迴，這個雨季順著自然，辛苦的照顧著古厝，連人都焦慮了起來，古厝照顧真的很不容易啊。

平常已經很細心照顧，這時也是要多方加強，除舊佈新，謝謝許多人幫助我們照顧古厝，像是盧先生每年來幫忙油漆，看著他爬那麼高的梯子，漆著屋簷上的紅、白、黑色線條，年紀不輕了，爬那麼高，聽說他年少時跟我父親一起刷過油漆，感覺很親切，看到了職人精神。也要謝謝水電老闆，只要有緊急狀況都會馬上來幫忙，客廳那麼高的燈，爬那麼高換燈泡，真是謝謝他們，古厝需要各方面的專業人才，幫我們照護著古厝，都是古厝的恩人。

【節氣九．芒種】

芒種 0605-0607 之間

這個季節的名字指的是黃河流域地區的稻子在此時結實成「種」，
而結實的稻子穀上長出了細芒，
這個季節也是農作物種植時間的分界點。
天氣的變化由梅雨季節改為午後雷陣雨。

06/06

可以說此季節的水果是夏季的水果，例如芒果、荔枝、李子、西瓜、鳳梨等，蔬菜方面有龍鬚菜、豆類植物，此時的地瓜葉長得特別快，這個季節是豐收的季節，水果跟蔬菜種類都變多了。

【芒果樹與玉蘭花】

古厝後面的芒果樹，結實累累的綠芒果，沒有人採，每天都會掉下來很多顆，不知道是鳥啄還是營養不良，朋友說可以做成情人果，這棵樹聽說是以前住古厝的阿婆種的，應該有五十年以上了，愈長愈旺，又高又壯，要拿梯子，否則是採不到的，可能天氣熱，沒有人來採。

古厝後面的玉蘭花，花香特別的濃，天氣熱花開很多，常常今天看到它含苞，隔天就謝了滿地，有時候在樹下等客人，聞著濃烈的玉蘭清香，忍不住翹腳隨手採幾朵，回家供佛，無法採太高的花，很可惜，玉蘭花也是有五十多年的歷史了，枝葉茂盛，不斷的往古厝屋頂伸長，真是前人種樹，後人乘涼，也迎來了許多鳥類的棲息，客人說清晨就聽到鳥鳴聲，有住在鄉下的回憶，觸動他們很多童年聚落的生活情景，讚嘆只有金門才有這樣的環境，要我們好好珍惜。

【芒果樹的綠繡眼巢】

雨歇的空檔
散步在水頭村
涼爽的微風輕撩起髮梢
芒果樹上的綠袖眼巢
一巢四顆蛋
親鳥出去覓食不在家
石板路上的老樹玉蘭
結滿了玉蘭花
被風雨打落滿地
鄰居種的南瓜、玉米
靜靜躺在雨後的泥土裡
成排的玉米結穗滿滿

天空又飄起雨來了
石板路上沒有人聲
連狗狗都睡著了
雨後的聚落無比寧靜
涼風徐來
真有竹杖芒鞋輕勝馬的意境
好個安靜幸福的梅雨季節

【酒糟的微醺】

五月的梅雨慵懶
空氣中飄著酒糟的微醺
午寐醒來的夢境

那曾經的曾經
竟在夢裡訣別
歲月突然羞愧的遁逃
消失不見了的曾經
留下年少輕狂的回憶
倏忽來到
耀眼的陽光照在古厝的院落
夢境顯得如此不真實
空氣中的酒糟味
沉澱　陳事

【高蹺鴴的早餐驚喜】

最近跟高蹺鴴這麼有緣啊，早餐時光陪著陳建築師在院子聊天，他說今天（二〇二二年）是開瑄國小的開幕典禮，說著他的山外溪整理步道計畫，我拿著迪化街二〇七博物館的新書「老宅曾經」跟他分享，他正翻到姜阿新洋樓那一頁，說著後代中有一位是他學生，正在說著洋樓的故事，這時候一陣不常見的鳥鳴聲，斷斷續續鳴叫著。

我跟老師說，這隻鳥的聲音在聚落是第一次聽到，聚落的鳥聲大都是很熟悉的白頭翁、八哥、綠繡眼、鵲鴝、燕子、麻雀，今天的貴客ㄟㄟㄟ的聲音，單聲有點響亮的叫聲，不太一樣，我跟老師都抬頭尋找著，很像我最近在浯江溪口看到的高蹺鴴，老師首先抬頭看見了，他笑著說是高蹺鴴沒錯，我很驚喜，怎麼聚落也會有它呢，這不常見啊。

六月的天空很藍，白雲悠悠，我拿手機等著，它一直繞著深井的天空飛翔，愈飛愈低，鳴叫聲急促，終於拍到幾次它的身影，我把照片放大，美麗的身姿，

修長的腳，在藍天裡很耀眼，來來回回飛翔著，大約有三十分鐘之久。

這時候一對劉姓姊妹正要退房，跟我分享說，是一位朋友推薦她們來住古厝，那朋友曾經在大門口拍了一張照片，當書面的照片，我們聊得很開心，後來知道她喜歡看書，我便送她我的新書「寫給古厝的情書」，書是很好的旅行中的禮物，她說要簽名，突然想到書裡有一篇寫陳建築師的文章，遂翻到該頁，請陳建築師簽名，這對姊妹很開心，拿著喜愛的書正要離開，我又提議也在古厝的大門，幫她們拍一張跟朋友一樣的照片，大門半掩著，人站在兩扇大門中間，遙望著遠方，配合著大門的紅色，非常好看的一景，拍過的人人喜歡。

正當拍照時，有人來接陳建築師，兩姊妹提議合照，建築師與她們在門口合照一張，才搭車離去，姊妹倆今天太開心了，有了此番難得的機緣，我跟她們說建築師此刻到八月底，在台南美術館有展覽，她們回台灣有空可以去看展。

旅遊的當下都是一種機緣，跟誰相遇，可遇不可求，這對姊妹在古厝的兩天裡，常常很認真的詢問我們，一些旅行金門時看到的建築物或是風情，也許是她們的有心，才有了今天早上的相遇，一切都是這麼的剛好，像今早不太熱的陽光，與悠然的白雲，相遇與離別，一切隨心，只需珍藏在記憶裡。

【收到兩本書】

很欣喜收到了禮物，是之前來住宿的劉姓姊妹，信箋上寫著：非常感謝你們

豐盛的款待，不僅早餐吃飽飽，住宿環境清靜幽雅，古厝氛圍讓人流連忘返，臨行前還獲得贈書與簽名。

我想起來了，我們在院子分享了一些想法，送了姊妹倆今年的新書，沒想到談話中提及有一位朋友來住過古厝，拍了照片，還當作書的封面，於是我很好奇的問書名，《繪本小學堂》，葉嘉青著，沒想到我還來不及上網購書，貼心的姐妹已經寄上，看到封面，我記得這位作者，感謝她以古厝的木門當封面。

我們聊到我的寫作方向，姊妹們建議我可以參考劉克襄著作的最新作品《小站也有遠方》，作者以台灣的環島火車路線，寫出小站的風景與人文，沒想到就這麼寄來了，書裏頭的插畫是作者的母親所繪的作品，是另一種形式的一起旅行。

古厝是一個緣分，讓喜歡的人彼此相遇，進而擴展，擦出許多意想不到的火花，感謝劉姓姊妹的深情回饋，讓我在古厝中也能有好風景。

【貼心的禮物】

二〇二四年的上半年，兩岸局勢未明，沒有開放陸客從小三通來金門，只可以從金門搭船到廈門，我和家人安排了一個兩天一夜的旅行，我們住在廈門的瑞頤大酒店，選擇了面對鼓浪嶼的海景房，從廈門這端看到完整的鼓浪嶼風情，父親來自的故鄉，父親十歲從鼓嶼到金門，面積不到二平方公里的島嶼，目前人口約二萬人，二〇一七年列入世界遺產，許多美麗的洋樓群，也有很多活化利用成家庭旅館，父親的文章有提到童期住於鹿耳礁，入讀旭瀛書院，也有談到鼓浪嶼的祖父和外祖母，我也曾多次前往鼓浪嶼，走訪之際，毫無任何足跡可循，或許

歲月已久，或許緣分未到，只能從父親文章去尋根。

下午三點多入住後，從房間的大窗戶看到完整的鼓浪嶼，往來的交通船，停泊的船隻，鼓浪嶼的美麗一直到黃昏、夜景，滿足了思鄉之情。隔天退房時，酒店主動說因為有位家人是壽星，送了一組茶具，蓋杯和三個小杯的旅行組，我們甚感驚喜，沒想到有這突來之舉，酒店的設備與服務很是細膩，家人們都覺得下次有人生日，可以再來放鬆心情，金門搭船往返五通碼頭只要三十分鐘，兩個島的生活脈動很有差異性，很適合小旅行的異國風情，慢慢的探索廈門，很值得期待。

【節氣十・夏至】

夏至 0620-0622 之間

06/21

西元前七世紀，古人用土圭量日影，
夏至這一天日影最短，
因此把這一天稱作「夏至」。

夏至日太陽幾乎直射北回歸線，北半球白晝最長，在生活上，感覺要為即將來到的夏天做好準備了，小島的天氣漸漸炎熱了，散步的時間選擇在早晨或是黃昏，沿著浯江溪口看著廣大的潮間帶與飛翔的鳥兒，身心舒暢，身體彷彿也在甦醒，為即將來到的夏天鍛鍊一下體質，我常常在這個季節感冒，散步是最好的方式，感受著自然的轉變，也好好跟身體提早對話。

【端午節】

這節氣有一個傳統的節日是端午節，古厝的園圃中有種艾草，極為容易生長，已經從一株衍生為一大片，正好可以在端午節的民俗中用來避邪，雖然沒有點燃，也可以驅蚊，蚊子沒有那麼多了，或許是因為特殊的味道，讓我也有了一種安全感。

端午節在水頭聚落會舉辦社區包粽子，統一在活動中心舉行，完成之後每戶可以拿回若干粽子，對於人口較少的家庭是一項很方便的活動，不用自己準備很多的食材，就可以享有端午節的氣氛與美食，我有一位認識十幾年的旅客朋友，從台灣寄來了我最喜歡的潮州粽子，有鹹的和甜的口味兩種，非常貼心，我喜歡泡在水裡放在電鍋蒸煮，可以煮出粽香，更有節日的味道。

記得年輕時候在台北勞保局上班，喜歡南門市場的潮州粽，當時離鄉讀夜校的我，上課前趕公車以粽子為餐，簡單方便。所以每年收到的當下，時光瞬間記起當時的青澀與追求理想的自己，終日裡從早忙到晚，總在趕著公車，從與大哥居住的南勢角到大直的夜校，還要轉車，回到家有時候是十一點了，回首曾經，對照現在，回鄉之後，古厝帶給我的是安靜與平和的步調，與許多旅者建立的緣分，隨著時光的增長變成遠距離的朋友，實屬難得。

端午節一過，氣溫日漸上升，非常期盼午後短暫陣雨，為一天的酷熱帶來消暑的雨水，雨水讓天空更加清澈與潔淨，我喜歡這個季節的天空。

天空的藍與白雲在這個季節最清澈而透亮，白雲朵朵畫在藍天的畫布上，隨著微風變化各種樣貌，細長的飄渺像龍，整朵整朵的疊成山峰，遮住了它後面的層層峰巒，仿佛用鉛筆在天空中勾勒出雲的面貌，線條是如此的立體與明顯，這時我多希望自己是一位畫家，擅長於鉛筆素描、水彩，可以勾勒出自己喜愛的雲，珍藏起來，或者藏在腦袋的深處，整日享受白雲與藍天的天空。

有時，在古厝的院落，抬頭追隨漂移的白雲，靜靜地喝上一杯咖啡，品味這

孤獨的單純，四合院的封閉與開放，恰似藍天與白雲的自由，品味自由彌足珍貴，若果可以一整天如此，毫不作為，當是生命之福。

那天，在飛機上，雲層像小時候穿的舊棉襖，把舊的棉襖撕開，拉出一坨坨的棉花，因為長年穿戴，有點灰暗的顏色，像極了乘載著飛機的雲層，厚重捲摺成片片的棉花，有些還像是打結梳理不開的棉球，靜靜的伴著飛機飛著，小時候，母親親自做成的棉襖一穿多年不換，穿到袖子角一團烏亮，成長與棉襖競速，直至棉襖功成身退。母親，我在雲層上想著您，灰暗轉成了溫暖，那

件小時候黑底紅花的棉襖，我遺失在哪裡了，我是如何想著要趕快丟棄它，好讓您幫我做一件新的，此刻，我卻想不出它的下一件的花色，我的記憶只停留在小學三年級的新棉襖，第一年開心的穿著的三姐妹三件新衣的合照，在老家古厝的門口，背景是父親畫在牆上的牡丹，襯托著我們那時候的喜悅心情，但是第二年第三年我們仍然繼續穿著，時間什麼時候悄悄變成了此刻舊棉花的雲層啊。

【照顧古厝的生活】

氣候變得炎熱，古厝的照顧比較不用擔心濕氣太重產生的木頭味了，這個季節每天早上把房間的窗戶打開，迎來美麗的晨間陽光，讓它隨著時間的挪移進來屋裡。把大門打開，讓微風以及朝陽進到大廳來，早餐的時候開著電風扇，配合著微風，是很棒的時光，漸漸的陽光滿照院落，這時候該從院子挪到廊道喝咖啡聊天了，繼續晨間未完的分享。

盆栽每天都要澆水，反而不用擔心水澆太多的問題，在陽光的照耀下，葉子特別健康，茉莉開花了，洋玉蘭開花了，淡淡的清香，門口的石縫中的風雨蘭，在偶有陣雨的狀況下，仍然開著黃色的花朵，這個季節比起梅雨的上個月季節，亮麗多了，可見陽光帶來的好處，讓古厝變健康了，曬吧，把燕尾脊曬乾，把紅色的屋瓦曬乾，把一切的停滯穢氣通通都曬乾，我把冬被放在院子的桌椅上，鋪張開來，曬得鬆軟清香，陽光啊，在古厝裡讚嘆著，我們需要你的照拂。

午睡，在這個季節是最棒的，午餐過後，在慵懶的陽光中關在古厝裡睡上一覺，是我童年最好的回憶，尤其是暑假時，不用上學，如果母親也沒有甚麼差事喊我幫忙，我可以在古厝中好好的睡一個午覺，完全不需要注意時間，好像也沒有時鐘，更沒有手錶，當然不用說手機了，整個古厝都很安靜，外面巷子的貓狗也都很安靜，也沒有人經過我家古厝的小巷弄，就這麼仿佛全世界都午睡的午后，是這麼的理所當然，大人小孩都在睡，陽光慢慢挪移，遺忘了時間。

總要到四點鐘左右，才有人慢慢甦醒，發出一些聲響，到廚房喝水，或是出門找朋友鄰居玩，我喜歡走出了古厝的門，往斜坡上的方向走，坐在面對廣場的那棟紅磚式洋樓，有著稍微低的小門檻及小空間，坐在那裏吹著風，讓睡得太久傻傻的腦袋慢慢回溫。

有時候廣場上有小孩踢毽子、跳繩、過五關、玩躲貓貓，人煙慢慢回來，在晚餐之前，這段時間又是另一種優閒的空白，大人們在自家門口打招呼，說點兒家裡老公小孩的話，我聽著聽著，漸漸投入到這樣的一個巷弄午后情感，屬於夏至的後浦那條巷弄，特別懷念那樣的安靜與喧囂，那樣的日子很長，覺得時間彷佛會一直都在，沒有盡頭，不需要害怕與擔心，原來是因為當時有父親母親，有兄弟姊妹，深深被保護著的一種放心。

這個季節，金門的旅行活動，多了家庭與親子的自由行，適合到各個展示館參觀，坑道的涼風，黃昏的沙灘散步，是親子很好的選擇，有些旅客喜歡問金門哪裡的海邊可以游泳，其實金門海邊並沒有開放海泳，除非是辦活動或是有圍起來的沙灘區塊，有救生員，才能游泳，只要在沙灘散步，挖美麗的小蛤蜊，欣賞美麗的日落夕陽，吹著海風，放鬆身心，旅行不必趕路，享受離島擁有的從容節奏，比甚麼都好。

【歐厝順天旅店與洋樓】

喜歡歐厝步道與沙灘的人，應該很多，從歐厝聚落走步道是一件很愜意的運動，有一次在步道上，剛好碰到牛兒過路，我低頭走著，一抬頭發現牠正看著我，蓄勢待發，我才驚覺，原來我佔用牠的步道了，擋住牠的路了，我趕忙後退，停止，靜待牠帶著牛群過步道，這一次我有點感到害怕，原來，是我妨礙牠了。

步道的中間有一個休息的涼亭，我喜歡去那兒放空，沒人的時候放音樂舞動，照顧牛的先生碰到我幾次，有一次他問我，你在這裡做甚麼，我趕忙說拍照，避免他覺得我有意圖，後來再碰到面的時候，他都笑著說，又來拍照啊，是的，這是一個好藉口，比說放空好理解吧。

步道的植栽很美，秋天的烏桕葉子轉紅，是想念的季節，很是浪漫，有一次開車載著友人，他驚喊一聲，那是甚麼，嚇我一跳，原來是美麗的孔雀驚慌的飛起，步道很安靜，偶爾有人經過，或跑步，或騎單車，常常也只有我一個人，看

圖／雅秀

著戴勝飛過，是條美麗的車轍道，如果從翟山坑道旁的路往前開，經過漂亮的沙灘，看海景，開車入步道，下來歇一歇，出來的時候就是歐厝的聚落隘門。

有一次陪友人拜訪順天洋樓的主人，歐陽自永先生，朋友是一位媒體人，很喜歡他的洋樓，拍完照之後，我們坐在二樓廊道喝咖啡，洋樓是一間咖啡館，佈置得很典雅，有阿里山茶和咖啡，配著小餅乾，朋友跟歐陽先生說，她有許多的地理雜誌，可以寄來送他，老實的歐陽先生馬上說，我這裡地方不大，不要寄太多給我喔，我只有一個櫃子可以擺放，朋友覺得他很純樸是很直接的個性。

歐陽先生的姐姐，是我高中同屆，有一次從國外回來，同學們聚會，發現她的個性跟以前一樣，活潑開朗，平常喜歡打高爾夫球，皮膚曬得健康膚色，也很健談，跟弟弟的個性不太一樣，歐陽先生比較安靜，有一種穩健的性格，為人親切，每次去喝咖啡都感受到他的誠懇，有點靦腆的感覺，但是對古厝與洋樓的熱愛，完全是基於維護老家的熱情，有著子孫傳承的使命。

歐陽先生首先標下金門國家公園修復的順天旅店，經營民宿，前落是民宿，後落他們自己居住，便於打理與照顧旅客，房間有著水墨在牆上揮灑的墨汁房，有色彩繽紛房，以及溫馨的鳥巢房，這棟位於隘門內的旅店，是一棟突歸式的雙落古厝，也稱為六路大厝，客廳兩邊各有兩間連著的房間，很特別的古厝格局，彷彿走進時光隧道的長廊，房間深處還有自成一格的小院子，可以遇見陽光，古厝的迷人之處，就是與自然無限接軌，出了房門總能迎向藍天。

經營順天旅店之後，歐陽先生又標下斜對面的順天洋樓，經營咖啡與茶的閒適空間，也就是歐陽鐘遠洋樓，這棟洋樓在他小時候，由母親經營雜貨小吃店，當時金門是阿兵哥的極盛期，許多聚落的老房子，因應需求開起小店，軍民一家的生活，讓聚落熱鬧了起來。

民宿與洋樓就在隘門內，方便於照應，由歐陽先生與太太合力經營。七月的夏天午後，我與雅秀再次到訪，雅秀已經打好畫稿，我約她到洋樓喝茶，遇見歐陽先生，聊起了洋樓以前的樣貌。

我們叫了一壺阿里山茶，一份蘋果鬆餅，一樓的臨門處座位坐下，偶爾的一陣陣夏季微風，有一些消暑。遊客陸續光臨，周日的午後，洋樓一點也不寂寞。走上木樓梯上二樓，有一桌親子遊客，正在翻閱桌上的繪本，每個空間都可見到主人細心的佈置，在疫情期間，分隔的空間是很好的設計，選一間喜歡的空間坐下來，翻翻桌上不同的書，或與好友聊天，很有專屬感。

我喜歡二樓外的露廊，坐在椅子上，俯瞰隘門內的古厝屋簷，面對洋樓的一棟開放的、沒有全蓋起來的古厝建築空間，可以看到內部的古厝配置結構，是很好的古厝建築展示，這一棟的隔壁就是順天旅店，陽光下無比寧靜，紅磚瓦在豔

陽下更顯耀眼，昔日的軍人喧嚷來去，隘門內的熱鬧，可以想見當年小吃店的忙碌。

歐陽先生的母親，當年開起附近營區軍人需要的雜貨店，炒麵、小菜等的小吃店，完全是根據軍人的需求來做，沒有特定的項目，一樓有座位，二樓沒有開放，回憶他國中時期，民國七十年代後期還有營業，他也常常幫忙母親，打理小吃店，順天商店純粹做為商店，他們是住在現在的順天旅店古厝。

歐陽先生說，自己照顧自己的老家，希望可以把房子照顧好，也因為這樣的機緣，投入現階段的生活模式，自己也不會想太多，每天認真的生活，客人多不多只能隨緣，來拍照的遊客很多，都說老房子很漂亮，維護的很乾淨，自己也很開心。

古厝與洋樓，經過金門國家公園整修後委外經營，這樣的標租案在金門已成為特色，帶動了地區的民宿發展，延續了老房子的記憶，也讓有心經營者，找到自己的一片天空，像歐陽先生這樣標租到自己老家經營的，更是令人羨慕。

【節氣十一．小暑】

小暑 0706-0708 之間

小暑之日，溫風至，
溫熱之風，這時節也是學校放暑假的日子，
海邊活動頻繁，
黃昏的沙灘上挖沙歲，看夕陽的時節。

07/07

氣候進入到小暑，真正的熱氣來了，每天氣溫都在三十度左右，感覺身體要開始和熱浪作戰了，還好金門島嶼四面環海，還有風吹海面的溼氣可以調節一下熱空氣，也有足夠的綠樹能夠找到陰蔭停歇，加上偶有清晨或半夜下點雨，增加了清涼感，這季節常用的閩南話打招呼語「樹涼」，很有季節的味道，指的是有人在樹下乘涼，直接的問候語。

田裡面的綠色植物，是這個季節種下的高粱，已經稍微冒出了高粱穗，青綠的穗子伴隨著葉子，沒有長很高，也還沒有很結實碩大，看起來是為了抵擋乾旱的夏季而生，生命自己會找出路，適者生存，能夠耐旱耐熱，才能茁壯，有些田仍然光禿禿的一片，甚至還沒有種高粱，最近這幾年，發現大家輪著種，這樣收成的時間也會錯開，所以在冬季的時候還可以有一些高粱田，展現在金門的農田裡，給了遊客很好的拍攝點，還沒有種高粱的土地，在太陽下顯得疲憊而乾燥，經過的時候，更讓人有著夏天的熱感，還是有高粱的田給人的感覺比較舒適，減緩了心裡的熱感。

【聚落中的古厝】

這個季節的古厝，微風串流著，待在古厝裡比外面減低了好幾度，我想也許我的個性跟古厝的個性是一樣的，我們都配合著節氣調整生活，在夏季裡有著慵懶的氣質，早晨生氣盎然地招呼著旅者，中午好好休息一下午睡，任著風與陽光在屋子裡玩耍，午后聽聽音樂或是閱讀，古厝的綠意在此刻的陽光裡互相欣賞，包容著每一個與它有緣的旅者，幽幽微微好整以暇，等待他們疲倦歸來，給一個涼爽平安、寧靜的夜，月亮在雲層裡漂浮，俯瞰著古厝，也是靜靜地伴隨，平安守護每一個住在古厝中的人。

居住在一百多戶的大傳統聚落中二十年，我深深以為是很驕傲的事情，聚落夠大，房子就很突出，從明朝的古厝、清代的磚雕彩繪泥塑古厝、到近代的花磚洋樓，一路呈現，從聚落中散步就可以輕易地路過這些不同年代不同時期的老房子，甚至近期的現代式建築，我常常望著一棟房子，想像當年有誰蓋了它，是否住著美麗的女主人，幾位可愛的小孩在庭院中嬉鬧，小男孩踢著毽子，小女孩玩著沙包、跳格子，一直到現在的靜立不語。

有時候慢慢傳來各種甦醒的聲音，遊客抵達參訪的聲音，機車或汽車的聲音，雖然不是很擁擠的人潮，卻常常聽到嘻笑喊叫的聲音，人煙慢慢讓午睡中的聚落甦醒。

去年開始，我有時候住到另一個附近的小聚落，不同於水頭聚落的大聚落，大概只有幾十戶人家吧，臨著古厝群的前方，蓋了幾棟現代式的公寓，在金門不容易買到古厝，比較容易買到現代式的公寓，這小聚落臨水頭不遠，很容易來來回回，屋後是一片古厝群，各種型式都有。一直到今天下午，我在屋裡臨窗的沙發上，看著陽光照滿這個小聚落，異常安靜，好幾個小時了，覺得靜止得很有趣。

是的，我在五樓的公寓上，臨窗的沙發、讀書，隨著心情閱讀不同的手邊有的書，不時朝著窗外的聚落看去，想要看一下它的變化，幾個小時過去了，絲毫無變化，難道是因為小暑，陽光照射強烈，所以大家才不出門嗎？而小聚落也沒有游客路過，早晨的時候，我就發現天空有白雲飛著，藍天在雲層中偷偷竄出呼吸，風吹著綠樹的尖端，搖擺著，窗戶看出去的右後方，是現代式建築，最高三

層樓，我看著書，休息的空檔，順著窗戶往左後方抬頭的時候，一片不算大的古厝群，首先自然的印入眼簾。

五個小時過去了，扣除我用餐的時間，我打開網路的爵士樂，頓時放鬆了心情，這麼一整天無所事是，是我非常喜歡的日子，最好也不要有電話，也不用說話，可以沉思、冥想，窗外的聚落仿佛也在這一刻跟著沉靜了。

雖然聚落的古厝不多，在五樓上可以清楚看到紅磚屋頂，兩落的新修復古厝，看得出前不久才完工，門口好像有民宿的標示牌子，旁邊有一棟一落四櫸頭的燕尾古厝，比較舊一些，材料被更換過，前面的櫸頭屋頂是簡單的同色暗紅屋瓦覆蓋著，不仔細看分不出跟紅磚的差別，後面緊鄰一棟一落二櫸頭的古厝，也修復得蠻新的。

再後面一排則是有著各種不同型式的古厝，有一棟是可愛小巧的三蓋廊馬背屋頂，小門開著，沒有動靜，看不出是否有人居住，旁邊緊鄰著一棟小小的一落二櫸頭的馬背屋頂古厝，面朝著三蓋廊古厝，跟其他老房子不同方向，可能因為土地較小的關係，只能這樣蓋著，接著一棟雙落馬背的貼花磚古厝，有花磚的古厝是近代的古厝，不是清朝建的，不知道屋主是否有落番下南洋，回鄉蓋起漂亮的花磚古厝，它的旁邊也是最遠處，又有一棟小小的一落二櫸頭屋頂古厝，但是屋頂已經是用平式的水泥頂了，看來建造年代很久遠，被後來的居住者簡單覆蓋修復了，在我眼前這一小區，七、八棟古厝紅磚區，在這小暑陽光炙熱的午後，默默地伴隨著我的閱讀時光，非常安靜的，沒有一絲的動靜與聲音，時間就這麼的靜止，尤其陽光正照射的時間，看不出影子的變化。

　　我看得見後方更遠處的小山坡，坡上有可愛的涼亭，一點點突出看得到的圍著欄杆的步道，在風吹過樹梢時候的間隙，被風撥開時候，還可以看得到遠處的太武山上的雷達圓球，幾隻鳥兒安靜地飛翔著，也許牠們有歌唱，我聽不到，他們振動翅膀也像開了靜音，炙熱的太陽漸漸斜照，看到了紅瓦屋簷下面的門廊，漸漸有了一點點太陽的陰影了，除此之外，整個聚落毫無變化。

　　窗外正下方的木瓜樹，此刻沒有木瓜，枇杷樹也早已經被主人採光，一些簡單架起的瓜棚架，葉子正茂，遠遠的我看不到是否有瓜果，空地上大人小孩的衣物隨著衣架飄揚著，客廳中電視播放的爵士樂繼續著、看著外頭的聚落，樂聲好

像跟著我的思緒滑向窗外的聚落，除此之外，一切都是靜止的。

手邊上正在讀的村上春樹的《第一人稱單數》，突然覺得好吻合眼前的景象，我獨自一人看書，望著窗外古厝群，捲曲在沙發裡，咀嚼著小說的意境，這麼安靜的午后，彷佛只有兒童時期才有，但那時候還沒有五層樓的公寓，可以讓我俯瞰紅磚瓦的燕尾脊，不過那時候彷佛只有古厝，家家戶戶都住著許多人，沒有現代式建築。

記憶中，同樣的午后，母親跟我們都睡著，鄰居嬸嬸和她的孩子們也都睡午覺，同樣的安靜，大約下午四點，孩童們醒來吃點心，母親用一點點肉片煮著麵線湯，讓我們吃完點心，出門去玩，母親開始忙碌家事，此刻，我自然想起了小時候暑假的午后生活。

多久了，兒童時期的古厝生活，有母親的呵護，提醒不同穿衣的季節，每天笑著一起上桌吃飯，兄弟姊妹一起拌嘴，說著學校的規定與故事，買著剉冰拌著糖水吃，在這樣的小暑，沒有冷氣的年代，歡樂地做著各種喜歡的事，完全不懂母親的憂慮，完全不用在乎米缸是否有米，學費是否能如期繳交，反正母親都會吩咐，只是，多久了沒有人吩咐我了，少了依靠，變成我自己叮嚀自己了。

沉思好久好久之後，一抬頭，亮亮白白的月亮形影，輕輕地上了枝頭，我走到房子的客廳從另一邊遠望，太陽已經變成圓圓紅紅的大球，漸漸躲到山的後面，我站立著繼續看夕陽，想要送它回家，我想起孩提時候的我，揹著妹妹看著夕陽，等待母親煮好晚餐，幫忙哄著妹妹，我知道夕陽下山之後，會有另外一波光景，五彩炫麗的彩霞滿天，彩霞深處有著母親熱騰騰的飯菜香，這時候可以揹著妹妹回家了，踏入古厝看到兩桌的菜餚，一大一小桌，孩子們都靜坐著，享受母親的廚藝，這一刻彩霞的餘光，將天空畫成回憶，時間究竟去到哪裡了，我還聞得到的飯菜香呢。

【半夜喝燕窩】

這個季節我又熱感冒了，回顧高中畢業那年暑假，要去高雄考試，也是重感冒到差點難以成行，母親一直勸我留在家鄉，最終我還是跟著學校的安排去中正預校考試，雖然考得不好，那也是我自己決定一切的開始。

夏天因為天氣熱，更容易忽略到風寒，前幾天去林道散步，在涼亭聊天，海邊看景，都無意識到風涼，吹著舒服，晚上就著涼感冒了，大約五天進入到嚴重期，痰變多了，早晚易咳，我正在想，小時候母親為我們燉煮燕窩，睡前跟我們說，半夜叫醒你，喝燕窩不要說話，靜靜躺下繼續睡，才有效喔，現在突然想起妙方燕窩。

夜裡在水頭聚落散步，走著走著剛好碰到好久不見的水頭印尼媳婦，她就在賣印尼燕窩，好幾年前，母親還在時，我跟她買過給母親食用，母親說她的燕窩很好。我跟她說的時候，她大方邀約去她家，很漂亮的新房子，拿了一盒量少的燕窩賣我，給了好價格，囑咐我，先泡過一兩小時，電鍋外鍋的水過碗一半，先按下去煮滾，再把泡好的燕窩裝碗，至於水加多少都可以，看個人喜歡濃稠或稀，可以改善咳嗽，連續喝三天，這帖藥方，金門早期到現在很流行，我問了醫生朋友，他說就是蛋白質，補體力吧，但是他不吃這個，他覺得很多食物都有蛋白質，可能金門早期下南洋，都會帶回燕窩，老人家補身習慣了，流傳了下來，這次我也覺得有改善咳嗽，我也是半夜起來喝。

生活在小島，夏天因為沒有高樓遮蔽，白日太陽照耀的時間很長，感覺特別的熱，只能等到黃昏陽光微弱了，加上海島的涼風輕輕地吹，才能出門走動，四季在島嶼非常的鮮明，要根據陽光的強烈選擇室內或室外的活動，所以古厝的整理一般都在早上，午後管家們各自回家休息，我們靜待旅者的抵達，規律的生活也許是小島的日常，卻也是依循節氣生活的自然定律。

【節氣十二．大暑】

大暑 0722-0724 之間

小暑之後，緊接大暑，
金門愈來愈熱，是一年中最熱的時候，
氣溫白天有時候到三十五度，
如果碰到颱風天，更是酷熱。

07/23

田裡種了高粱，耐旱植物，常要在下午四點鐘後，才能出門，而天一亮，太陽的熱就已經很強烈了，這時候常常是晚餐後到運動場散步，作為一天的運動時間，場上的人群大概在晚上八點後漸漸多起來，因為是暑假，可以看到小孩子們在追逐嬉戲，有夏天的感覺。

【夢境】

「我又做夢了，你可以解夢嗎？」

「說說看，我是真的會解夢喔。」

我坐在房間的個人沙發上，拉開窗簾，看著窗外古厝聚落上方的白雲，一片片的連結在藍色的天空，好像是海，不，像是大洲，我想到距離遙遠的一些國家，世界上的幾個大洲，像一幅世界地圖攤開在藍天裡，好久沒有出國了，很久以前很長一陣子，常常因為工作非自願的出國，非自願的去一些不是自己想去的國家，為了讓同行的隊伍覺得開心，把自己弄得一副很積極的樣子，有朝氣的陽光女孩，走在隊伍的前面，帶著經過不同的街道與建築物，解釋各種看到不同的景象，那時候的自己真的覺得自己很棒，好像真的都懂，也真的都能說出個所以然來，並不知道隊伍中，誰比自己還懂，誰比自己還厲害，至今想起來，覺得那時的自己還是很負責任的。

喝了一杯水，口覺得非常的乾，我繼續說著我剛才的夢境：「景象很奇怪，路上有一條蛇，我開車差點壓到牠，卻也停不下來，緊急停車之後，其實也是過了牠爬行的路上，回頭一看，後照鏡中的地上甚麼也沒有，但是剛剛牠明明就在那裏，當我經過右邊一排住宅區的時候，公寓的小社區旁的道路上，怎麼它就不見了？天氣有點熱，難道蛇也會出來找水喝嗎？」

「哈哈，沒事，不是壞事，代表它在提醒你多加思考才做決定？」

自從認識這位朋友之後，只要是夢境，都可以找他解夢，每個夢經過他的解說，好像都不會成為我的困惱，好像都沒事，我曾經一度懷疑，他真的會解夢嗎？還是只是為了讓我心安，或許應該說是寬慰，讓我忘了繼續追查夢的意境，忘了擔憂。

我曾有幾次作夢的經驗，至今很難忘記，記憶中最怕的夢境是，身體很想跑，但是一動也不動，在夢中想盡各種辦法想要逃脫，即使是用力扳開一隻腳或是一隻手，都難上加難，想要跑的念頭是那麼的清晰與堅定，也知道自己的判斷是對的，也確認這不是在夢中，但，就是真的動彈不得，直到滿身大汗醒來，餘悸猶存。

有一次，最害怕的夢境，是在一個二樓的房間，睡著午覺，樓下是兩位伯伯開的牛肉麵店，那年，我正要準備聯考，整天自己在家中複習功課，午飯過後會習慣性的睡午覺，因為年輕和疲累，讀書可以讓人很容易入眠，尤其是讀不擅長的數學課本，作著習題時，更容易睡著，夏天的午後，哥哥和妹妹都去上班，只有我在家，很簡陋的房間，承租著兩間小小的房間，我跟妹妹睡一間，哥哥自己一間，當時房間還沒有冷氣，我是開著房門睡覺的，只有一台小的電風扇吹著，樓下的麵店中午也休息，感覺全世界都很安靜、都在午睡。

模糊中，我看見一對男女，全身赤裸，走來走去，女的在晾衣服，男的偶爾看著我睡覺，他們陸陸續續交談著，我聽不清楚，我只能繼續假裝睡著，想要聽得更清楚，但就是無法理解他們在說甚麼？而我也並不害怕，只是身體一直動彈不得，我清楚的知道，只有我一人在家，我因為要重考聯考所以在家溫習功課，感覺他們一直交談，一直走來走去，臉部沒有特別的表情，只是我的存在很尷尬，所以我一直覺得是我打擾了他們，覺得很抱歉，很想快點偷偷離開，我在夢境中有清楚的意識存在，最後我試著各種方法，捏著自己的大腿，提起自己的腳，嘗試著跑，好不容易有在跑了，但是跑不快，所以全身是汗，告訴自己努力一點，一定可以跑起來，就這麼一直努力著，我知道我可以運用意志力改變一些事情，我可以的，當我漸漸地跑起來了，我醒過來了，我仍然躺在床上，全身痠痛，恍惚中知道現在是午后，陽光竄進了房間，洋灑灑的照在床尾的地板上，我來不及思索，想要趕快擺脫剛剛的窘迫感，不想覺得害怕，我終於可以起床了，奔上前往頂樓的樓梯口，那裡有一道光芒，我急需要空氣，當我爬上屋頂時，一陣微風吹著我的長髮，隔著一道矮牆的隔壁屋頂，有一位男生坐在矮椅子上看著書，對著我打招呼：「妳好，讀書嗎？」我突然想到他也是正在準備聯考的隔壁鄰居孩子，之前在麵店有打過招呼，但不是很熟，此刻，我無限感激，還好有人在這裡，讓我擺脫夢境的恐怖感。

我裝作鎮定地跟他打了招呼，希望他沒有發現我的混亂，我坐在矮牆上吹風，這夏天的午後微風，阻斷了剛剛的夢魘，讓我慢慢恢復自然，希望他沒有察覺，在夢境醒來後，有人陪著，真是幸運。多年後我回想，原來我當時是很害怕的，只是沒有父母在身邊的我，學著自立自強，不想被自己的害怕打敗，從離島金門來到台灣升學的我，不能被這股寂寞與恐懼淹沒，時至今日，每當想起那一刻，我仍然充滿感激，午後屋頂念書的男生，給了我一點溫暖，克服我內心的恐懼與不安，那遠離母親懷抱的十九歲，強作堅強的傻女孩，對於陌生的世界的探索，在現實與理想之間，走著自以為是的抉擇。

那一年，在中和的南勢角，跟著哥哥搬家六次，只要知道哪邊的房間租金比較便宜，我們便整理不多的家當，走著提著東西搬家，因為年輕，絲毫不覺得是一個賭注，也不引以為苦，晚上幫著哥哥在夜市擺攤，打香腸彈珠的那種珠檯，還有其他的小玩具買賣，台灣對我來說，做甚麼都可以，只要能讀書就好。

有時候，間或有一些不大不顯著的夢境，我們都會當著笑話說一說，在陽光底下慢慢淡忘，就像春夏秋冬交替一般，習以為常，收起冬服，換下夏服，星空或是烏雲，就這麼適應著，回憶起來，卻也有一些有趣的夢境，自己願意拿來珍藏的夢境，讓自己倍覺溫暖的耽溺，仿佛是自己的信念般，鼓舞著自己走著的路無比珍貴。

再次住進小時候住的古厝旁的公寓三樓，是人生裡備感幸福的一件事，有著回家般的溫馨，尤其是在公寓裡的夢境，居然可以在不同時間做起了兩個相同的夢，夢是連結著的，仿佛一直等在那裡，等著我開端與延續，那是一個夢中的小女孩。

第一個夢，知道睡著的我，懷裡抱著一個可愛的小嬰孩，長長的睫毛，眼睛睡著，一種幸福的感覺，我擁有了女孩，雖然事實上我只有兩個兒子，但在夢中的我無比幸福與安慰，因為我終於有了小女兒，而且是這麼的漂亮，美麗的臉龐，濃粗的眉毛，安靜而乖巧。

間斷了許久，有一天我又回到公寓睡覺，有時候我並不住在這裡，夜裡我又夢到了小女孩，她可愛的坐在矮凳上，要我幫她綁鞋帶，她催促著我，說她要上學了，而我還躺著睡覺，看著撒嬌的她微微笑著，心裡仍然想著，我真的有女兒了，好滿足的心，甜美而富足，我不知道我多久醒來，我並不想醒來，而且嚐試繼續賴床，期待夢境可以繼續，或者自己閉起眼，繼續編演下去，有的時候，我們可以故意讓夢延續持續，有時候甚至我們會說起話來，雖然說話的時候其實已經醒過來了，但就是想要閉著眼睛，繼續編排下去，讓那種幸福的感覺延續著。

因為公寓與古厝交換著睡覺，夜晚與午後也是交替著睡，常常醒來的我，茫

茫然不知道身在何處，不知道是清晨或是午後，這樣的日子竟也有十多年了，往往一睜開眼睛要躺著先看著天花板，看到木頭的樑子，圓圓的福州杉木，確定自己是睡在古厝裡，如果是白色的平頂的天花板，便確定自己是在公寓裡，忙碌的日子竟也沒有太多的情緒，轉換著的光陰是如此的了無聲息，雖然我們知道要珍惜光陰，要認真過日子，我們只能每天這樣的晨昏轉換，只能在疲累時睡覺，睡醒時繼續前進著，有的時候，當事情來臨時，我們悲傷，但也沒有絕對的方法阻止，也許這時候的夢境可以安慰一些無法調適的心情與答案。

前幾天到同學家作客，同學牆壁上掛著一幅茶掛，寫著：「無事是貴人」，能無所事事的過著自己想過的日子，不用為生活忙碌奔波著，是很難得的人，也是幸福的人，回首過往的歲月，為了生活或者理想，把最珍貴的時間用在自己覺得值得的事情上，也許就像午後的夢境，醒來時，發現擁身在一片陽光燦爛的古厝群中，看著藍天白雲，無所事事的發呆，沒有人與事催促著，就這樣坐一整個下午，慢慢體會貴人的生活，在大暑中消暑，過一個浪漫的夏日，體會叔本華的名言：「人生要嘛孤獨，要嘛庸俗。」慢慢參透吧。

【珠山大夫第——淑瑛的分享】

認識淑瑛是在我經營民宿半年後，她是民宿標租案的第二批，我們有許多共同的特質，金門土生土長的姑娘、旅行社經歷，都有著觀光產業的經驗，踏入旅宿業這個區塊，對我們來說是很熟悉的領域。

十幾年來，她跟我一樣親力親為，從民宿的佈置、行銷、接待、經營方針，一路摸索、調整，也住在古厝裡，直到她在珠山有了塊地，蓋了自己設計夢想的小屋，才有了屬於自己休息的空間，住在古厝裡的時候，常常是無法真正休息的，有著一種無法言喻的職業病，總是一眼看穿哪邊要調整、哪邊不夠好，其實外來的人早就認為一切很美麗了。

記得認識她的時候，她的兩個可愛女兒才國小，民宿的忙碌讓我們常常外食，在餐廳遇見，女兒總是一邊吃飯一邊做功課，她總是耐心的陪著，後來打籃球，考進北一女、台大，還去北大交換學生，另外一個女兒高中時期到國外交換學生，現在大學畢業也都在飯店就業了，女兒的教育一路伴隨著民宿的經營，歲月在古厝添了紀錄，女兒是最佳的見證者。

她的第一棟民宿是珠山大夫第，也是清代建築，主人薛紹鑽在菲律賓發展有成，房子上寫著大夫第，是一棟雙落雙護龍的古厝建築，金門國家公園於二〇〇〇年整修，二〇〇六年標租成為民宿活化利用，根據文化資產保存法，具有歷史文化意義，設為歷史建築，淑瑛曾在護龍跟著女兒生活了一陣子，並將她的佈置才華實現在古厝裡。

古厝的佈置理念，源於古厝本身的使用目的，舉凡桌椅、盆景、燈光，如何在每個空間裡適度的擺放添加，不奪古厝風采，有些靜物更能與古厝調和，訪者一進到空間中，感受到主人的意境，渾然天成。曾有幾次淑瑛一人遠從廈門購置燈具，迢迢搭車搭船帶回金門，對於美的追求，對於古厝的熱愛，在每一日每一步，與時光漸進中，延續的是自己從小對古厝的熱愛與生活的經驗。

淑瑛生長於金門東半島的青嶼，出生於古厝中，小學時，父親蓋了一棟兩層樓的現代式建築，因為聚落軍人很多，有部隊駐紮，一樓經營雜貨店與撞球室，軍民同村落，生活緊密相依，從小就要幫忙家裡的生意，養成她樂觀好客的特質。青嶼靠海，海裡的牡蠣與各種螺類海產，自然是家裡食物的一部份，家裡幾塊田，種著高粱與小麥，從小這些農忙少不得要參與，或許是這樣的村落經驗，讓她熟悉於金門的生活，進駐珠山村落時，對待古厝一點也不陌生。

跟所有的金門人一樣，高中畢業負笈台灣，跟我不同的是，淑瑛很快又回到家鄉，投入旅行社的工作，見證金門開放觀光的重要時期，剛開始的旅行社，為了接大陸行程，常常為了趕台胞證而擔心著，當時台胞證都是透過香港，回台灣之後再寄到金門，時間上常常很趕，兩岸剛開放，常常延遲發證，當時還沒有開放小三通，金門要從台灣轉香港，才能到大陸旅行，所有的天候與時間都要掌握得很精準，否則損失可是不小，也會影響信譽。

二〇〇一年開放小三通之後，我於二〇〇五年回鄉，我們在二〇〇六年相遇，同樣經營著古厝民宿，我們的友誼在此時開始，剛開始我們常常討論著經營上碰到的困難，我們在同一個領域裡，既競爭也互相討論，不知不覺十幾年過去了，猛一回首，原來在成長的過程裡，對方一直出現在共同的地域與領域，這是很奇妙的緣分，很難得的另種作伴，有時候我們一起爬山，一起走步道，聊聊生

珠山大夫第——淑瑛的分享

◎文・湘夫人／圖・雅秀

認識淑瑛是在我經營民宿半年後，她是民宿標租案的第二批，我們有許多共同的特質，金門土生土長的姑娘，旅行社經歷，都有著觀光產業的經驗，踏入旅宿業這個區塊，對我們來說是很熟悉的領域。

十幾年來，她跟我一樣親力親為，從民宿的佈置、行銷、接待、經營方針，一路摸索、調整，也住在古厝裡，直到她在珠山有了塊地，蓋了自己設計夢想的小屋，才有了屬於自己休息的空間，住在古厝裡的時候，常常是無法真正休息的，有著一種無法言喻的職業病，總是一眼看穿哪邊要調整，哪邊不夠好，其實外來的人早就認為一切很美麗了。

記得認識她的時候，她的兩個可愛女兒才國小，民宿的忙碌讓我們常常外食，在餐廳遇見，女兒總是一邊吃飯一邊做功課，她總是耐心的陪著，後來打籃球，考進北一女、台大，還去北大交換學生，另外一個女兒高中時期到國外交換學生，現在大學畢業也都在飯店就業了，女兒的教育一路伴隨著民宿的經營，歲月在古厝添了紀錄，女兒是最佳的見證者。

她的第一棟民宿是珠山大夫第，也是清代建築，主人薛榮讚在菲律賓發展有成，房子上寫著大夫第，是一棟雙落雙護龍的古厝建築，金門國家公園於2000年整修，2006年標租成為民宿活化利用，根據文化資產保存法，具有歷史文化意義，設為歷史建築，淑瑛曾在這裡跟著女兒生活了一陣子，並將她的佈置才華實現在古厝裡。

古厝的佈置理念，源於古厝本身的使用目的，舉凡桌椅、盆景、燈光，如何在每個空間裡適度的擺放添加，不奪古厝風采，有些靜物更能與古厝調和，訪者一進到空間中，感受到主人的意境，渾然天成。曾有幾次淑瑛一人遠從廈門購置燈具，迢迢搭車搭船帶回金門，對於美的追求，對於古厝的熱愛，在每一日每一步，與時光漸進中，延續的是自己從小對古厝的熱愛與生活的經驗。

淑瑛生長於金門東半島的青嶼，出生於古厝中，小學時，父親蓋了一棟兩層樓的現代式建築，因為聚落軍人很多，有部隊駐紮，一樓經營雜貨店與撞球室，軍民同村落，生活緊密相依，從小就要幫忙家裡的生意，養成她樂觀好客的特質。青嶼靠海，海裡的牡蠣與各種螺類海產，自然是家裡食物的一部分，家裡幾塊田，種著高粱與小麥，從小這些農忙少不得要參與，或許是這樣的村落經驗，讓她熟悉於金門的生活，進駐珠山村落時，對待古厝一點也不陌生。

跟所有的金門人一樣，高中畢業負笈台灣，跟我不同的是，淑瑛很快又回到家鄉，投入旅行社的工作，見證金門開放觀光的重要時期，剛開始的旅行社，為了接大陸行程，常常為了趕台胞證而擔心著，當時台胞證都是透過香港，回台灣之後再寄到金門，時間上常常很趕，兩岸剛開放，常常延遲發證，當時還沒有開放小三通，金門要從台灣轉香港，才能到大陸旅行，所有的天候與時間都要掌握得很精準，否則損失可是不小，也會影響信譽。

2001年開放小三通之後，我於2005年回鄉，我們在2006年相遇，同樣經營著古厝民宿，我們的友誼在此時開始，剛開始我們常常討論著經營上碰到的困難，我們在同一個領域裡，既競爭也互相討論，不知不覺十幾年過去了，猛一回首，原來在成長的過程裡，對方一直出現在共同的地域與領域，這是很奇妙的緣分，很難得的另種作伴，有時候我們一起爬山、一起走步道，聊聊生活上的心得，感謝古厝讓我們相遇。

古厝民宿因為房間與空間的限制，我們可以標租名下十五間房間內的古厝，所以2011年淑瑛又標得珠山校長的家，這一棟古厝是三落的建築，有兩個院子，因為房子挑高，所以有了閣樓房，這棟古厝早期還是珠山村的小學部，俗稱頂三落，後代曾經是珠山小學的校長，所以民宿取名校長的家，淑瑛用她手染的各色染布，作為房間佈置的色彩，房間內還有吊掛單車的裝置。

房間取名為班級名稱，如二年一班，將歷史融入，讓初訪的旅客有進入時空的驚喜，報到處也是註冊處，常常有單車團體入住，這一棟最多可以住到20人，很適合全家或是同學包棟，早餐也是金門特色早餐，每天一早到市場採買，煮著回來給客人吃。

記得淑瑛有一次說，一大早太匆忙，有一位單車騎士，自己擦撞到她的汽車，坐在地上沒起來，她的車已經是靜止狀態，還說不要緊，趕忙下車察看，騎士一見到她，居然是自己遠房親戚，就自己爬起來拍拍屁股，說沒事沒事，自己騎車離開了，可見得在金門常常會碰到自己的親戚，因為世代居住的關係，單姓村落的緊密，人與人之間都有著連結，熟識好說話，不會太計較。

淑瑛說古厝對她的影響，一剛開始也是想將自己多年在旅遊業的經驗，發揮在古厝民宿中，才會標租古厝，自己的老家古厝已經久沒居住，能將小時候的生活實驗在古厝民宿裡，讓自己延續以往的經驗，並推廣金門古厝民宿，是自己最大的收穫。

匆匆一回首，歲月悠悠過，我們從懵懂經營，一路修正自己的想法，接受各種釋懷的淬鍊，有時候被訪談說出來的話，其實是說給自己聽的，越被問越說越能明白，而漸漸確立了自己的理念。由於旅行社的經驗，我們都可以為包棟的客人規劃機票、行程、導覽，等於是客製化的團體自由行，常常分享經驗給旅者。

十六年來，我們從剛開始的慘淡經營，獲利微薄，到開放廈門與金門落地簽，民宿像是雨後春筍，到處種到處熟成，逼近五百家的榮景，除了聚落以外，街上也有許多的民宿因應而生，這幾年疫情，關閉小三通，好幾個月，民宿也是處於清零狀態，我們繼續本著古厝民宿的傳承精神，持續努力至今。

喜歡古厝源於童年的生活經驗，也確信古厝是金門文化的資產，淑瑛說古厝對於她生命的影響，在於讓她忙碌之餘，可以緩慢下來，靜靜品嘗人生，寫書法、騎單車、打排球、散步，也透過接待旅客的分享增加視野，有幾次我們夜裡在珠山或水頭散步，利用休息的空檔運動，順便聊聊天，交換心得，彼此懂得彼此的為難處，繼續將古厝介紹給更多的人，希望伴隨古厝的心，能永遠不老。

血戰一江山——王生明將軍

◎何翊瑞

「同島一命，浴血護國，死戰不退，護我中華」。

王生明字至誠，官拜上校（追晉少將），著名的抗共名將，以參加湘鄂戰役，死守鹽澤而顯名，前後經歷剿共抗日，其中又以中條山戰役、朱仙鎮戰役而廣為人知，直至抗戰結束後已經官拜上校。

將軍自領軍以來常善用伏兵，以少勝多，決定戰場勝負關鍵，久而久之便受到第一戰區司令官胡宗南青睞，屢次提拔。

1949年國民政府全面退守至臺，當時國軍仍握有舟山群島、大陳等島嶼，但共軍後續取得海空軍優勢，便陸續搶佔各地群島，使得國軍疲於應付，無力回天。

1954年10月國民政府考慮除了台澎金馬外，唯一僅有的浙江分駐區，在抗共反攻的意識高漲下，王生明將軍升任司令，並賦任於一江山地區，但他深深明白一江山島距離共軍控制區只有九公里，離台灣距離卻有400餘公里，補給相當困難，因此唯有同島一命死守於一江山，同時開始建造防禦工事抵禦強敵侵入。

1955年一江山戰役爆發，中共出動艦艇兩百餘艘，約三百架空軍轟炸機，投擲超過500枚重磅炸彈，一江山瞬時寸草不生，但是王生明將軍仍沉著應戰，國軍死守島上無一退縮，直至當天下午四時國軍七百餘守軍皆陣亡殆盡，而王生明將軍在人生最後盡頭時，與大陳長官通上最後一通電話道別，並且高呼中華民國萬歲後，拉開手榴彈引信，引爆身亡，當場與陣地共存亡，壯烈殉國。

將軍不辱使命，戰至最後一兵一卒，挽救國軍劣勢的局面，使在台澎金馬的國際上得以永續發展。

活上的心得，感謝古厝讓我們相遇。

古厝民宿因為房間與空間的限制，我們可以標租名下十五間房間內的古厝，所以二〇一一年淑瑛又標得珠山校長的家，這一棟古厝是三落的建築，有兩個院子，因為房子挑高，所以有了閣樓房，這棟古厝早期是珠山村的小學部，俗稱頂三落，後代曾經是珠山小學的校長，所以民宿取名校長的家，淑瑛用她手染的各色染布，作為房間佈置的色彩，房間內還有吊掛單車的裝置。

房間取名為班級名稱，如二年一班，將歷史融入，讓初訪的旅客有進入時空的驚喜，報到處也是註冊處，常常有單車團體入住，這一棟最多可以住到二十人，很適合全家或是同學包整棟，早餐也是金門特色早餐，每天一早到市場採買，趕著回來給客人吃。

記得淑瑛有一次說，一大早太匆忙，有一位單車騎士，自己擦碰到她的汽車，坐在地上沒起來，她的車已經是靜止狀態，應該不要緊，趕忙下車察看，騎士一見到她，居然是自己遠房親戚，就自己起來拍拍屁股，說沒事沒事，自己騎車離開了，可見得在金門常常會碰到自己的親戚，因為世代居住的關係，單姓村

圖／秀雅

落的緊密，人與人之間都有著連結，熟識好說話，不會太計較。

淑瑛說古厝對她的影響，一剛開始也是想將自己多年在旅遊業的經驗，發揮在古厝民宿中，才會標租古厝，自己的老家古厝已經久沒居住，能將小時候的生活實驗在古厝民宿裡，讓自己延續以往的經驗，並推廣金門古厝民宿，是自己最大的收穫。

匆匆一回首，歲月悠悠過，我們從懵懂經營，一路修正自己的想法，接受各種媒體的淬鍊，有時候被訪談說出來的話，其實是說給自己聽的，越被問越說越能明白，而漸漸確立了自己的理念。由於旅行社的經驗，我們都可以為包整棟的客人規劃機票、行程、導覽，等於是客製化的團體自由行，常常分享經驗給旅者。

十六年來，我們從剛開始的慘淡經營，獲利微薄，到開放廈門與金門落地簽，民宿像是雨後春筍，到處種到處熟成，逼近五百家的榮景，除了聚落以外，街上也有許多的民宿因應而生，這幾年疫情，關閉小三通，好幾個月，民宿也是處於清零狀態，我們繼續本著古厝民宿的傳承精神，持續努力至今。

喜歡古厝源於童年的生活經驗，也確信古厝是金門文化的資產，淑瑛說古厝對於她生命的影響，在於讓她忙碌之餘，可以緩慢下來，靜靜品嘗人生，寫書法、騎單車、打排球、散步，也透過接待旅客的分享增加視野，有幾次我們夜裡在珠山或水頭散步，利用休息的空檔運動，順便聊聊天，交換心得，彼此懂得彼此的為難處，繼續將古厝介紹給更多的人，希望伴隨古厝的心，能永遠不老。

（此文登載於《金門日報》副刊，2022.8.13）

【節氣十三・立秋】

立秋 0807-0809 之間

08/08

預告著炎熱的夏天即將離去，秋季即將來臨。
偶爾的下雨讓人感覺氣候有點降溫，
但卻還是黏膩的天氣，稍微一動就汗水淋淋，
街上有賣著曬乾的金門花生，可見此刻的太陽仍然非常炎熱。

【古厝面臨的破壞與保存】

這個夏天，因為聚落做污水的關係，心裡覺得很疲憊，一方面炎熱的酷暑，一方面疫情解封，大家發現往年的暑假親子旅遊高峰，已經趕往國外，好像是國旅的另一波疫情，加上面對著污水工程的開挖，守護古厝的美麗更加充滿艱辛。

看著古厝前面的百年石頭，不曾被破壞的花崗石，經年累月已經走出一窪窪的腳痕，歲月的痕跡非常的珍貴，卻被怪手一塊一塊地挖起來，即使刻意小心，損傷是很難避免的，雖然可以再補回去，可是邊邊角角的破壞，石塊的不完整或裂痕，看在眼裡非常的心痛，想著，古厝經過了這麼多年的戰亂，人的遷移遷徙，修復再利用，到現在經過了一三〇年的歲月，卻面臨現代化的破壞，雖然說污水系統對於未來是有利的，但是此刻的破壞，我不知道該如何維護它，最近又碰到了颱風的入侵，聚落中吹倒的榕樹枝條、玉蘭花枝條，古厝中吹歪的雞蛋花、迷迭香、綠籬，一面整頓著古厝家園，一面難過的看著被挖起的坑坑洞洞，在雨的沖刷中，石塊挖起來的時候，下面的紅土層也跟著被挖起來，挖得很深，埋下管子之後，再將土推回，再鋪上水泥，打平，然後又要等很久很久，工人又去別的地方做事去了，彷彿被掀開的只是歲月，就這麼靜靜的躺在那裡，等待著他們有空的時候回來收拾，我可以理解天氣這麼熱，工人也很辛苦，可是為什麼不能一個區塊一個區塊的完成呢，看著整個村莊前前後後被挖的坑坑洞洞的，內心一直覺得原本美麗的聚落，為什麼要經過這樣的傷害，這種破壞與重建，損失的就是永遠損失了，我看到附近被補上的新石頭，沒有原本的美，曾幾何時，我們面對這樣到處都有的工程，只能安慰自己說，以後會慢慢更好。

雖然我也不太清楚工程的進行速度與計劃，可是我滿懷疑惑，計畫者與工人之間，是否有充分的溝通，有些舊有的石頭是否可以不挖開或者更小心謹慎些，歷史文化聚落只有守護古厝的人才能夠深切的明白，其他人也許只是過客，我們的守護，就是要讓這些偶爾的過客，在他的人生旅程上，跟古厝接觸的剎那也可以受到感動，因為感動而讓他想起了什麼，曾經擁有過的，而且能夠珍惜的某些東西，這樣子，我們的守護就顯得非常的珍貴了，我管理的三棟古厝，都在附近，每天我總是擔心著哪一棟古厝，在何時會被怪手挖起來某些地方，破壞了

它原本的樣貌，為了擔心旅客受到影響，一直注意著工程進度，挖到古厝的時候要緊急關房，也許沒有住在古厝的人，真的不明白，古厝也有屬於他的靈魂，古厝是安靜而心思縝密的，是悲天憫人的，是充滿溫柔與愛心的，守護著所有跟它有緣的旅者，儘管有些人不喜歡古厝，但是古厝一樣的愛護著每個與他有緣分的

人，在我的生命旅途上，回顧著自己的來時路，覺得古厝的精神是人生價值的一部分。

我今天翻到了妙法蓮華經裡面的常不輕菩薩品，讀著讀著，非常的符合我此刻的感受，要如何做到不輕慢每一個緣分，讚嘆每一個未來即將成佛的眾生，此刻漫步在夜晚聚落的路上，深深思考著，怪手輾過聚落的紅磚石板路，我踩到了碎裂掉的石板塊，不小心拐到了塌陷的紅磚塊，我的內心隱隱的痛著，這些破壞看似微小，其實就像鬆動的心，要多久才能復原，我開始深思究竟能夠守護些什麼呢？守護的會不會其實根本就是一場空，我的能力如此的渺小，真的能夠守護古厝嗎，如果以叔本華的「作為意志和表象的世界」來看待，表象是我們無法守護的，那麼屬於我的意志和古厝的意志，也許可以存在，此刻夜空下的古厝，與我一起對著這些挖開的表層，在深夜裡嘆息，坑坑洞洞是否就是此刻人的世界的表象呢。

立秋了，美麗的季節名字，雖然天氣還是二十八度甚至有時候超過三十度，在夜裡散步的時候，感覺到已經有了微風輕輕的吹著，有一點涼意了，希望這個酷暑即將過去，迎接來的是像秋風一樣舒適的季節，希望這個工程快快的結束，還給我們安靜與美麗的聚落，我又不小心踢到了一塊塌陷的紅磚塊，夜裡有誰在乎這些嘆息，而明天，又是一場轟隆隆的工程行動，這世界愈來愈複雜，愈來愈被迫接受無法改變的事實，一方面要保護一方面卻在破壞，守護古厝好辛苦，他們說的甚麼都對，但是挖錯的樹木就是死了，挖開的石板階梯就是糊了回去，錯挖的小巷弄被我發現得早保住了，我像一位瘋狂的婦人，每天不安的看待著，大怪手小推土機進進出出，斷裂的石板塊塞塞併併放回原處，大家都很辛苦，而我焦慮的過著每一天，來聚落十幾年，這是面臨最無法克服的障礙，工人們說很害怕看到我，我也很害怕看到他們啊，希望聚落經過這些改變會變得更好更美。

【滿庭芳】

最近如果吃了甜食，有一顆牙會微微酸著，本不在意，沒想到竟發現上顎處有水泡，才驚覺最近太晚睡，逗留在古厝院子的夜涼清風，一時忘了年歲漸長，應注意睡眠，我們總要在事情發生後，才驚覺已經到了下一階段，人生的原本習性該做調整了。

清晨，入住的八十歲老先生，五點多就聽到他的開門聲，沒多久又是關門聲，想必他也是早起，進進出出正在探索聚落，聚落的建築從清朝古厝到洋樓群，晨間或是夜裡，在聚落中散步，是很棒的歷史長廊，建築的美，往往帶給人一種內心的寧靜。

昨天他說，以前曾在金門當兵，在山外，提到了金門改變真的很大，不管新的建設或是建築，都已經跟當年不一樣了。他跟孩子在十幾年前曾來住過，笑說我沒甚麼變，人怎麼可能沒變，這是安慰的稱讚，我想住在古厝裡，隨著四季更迭，人來人往都是我的老師，或許從中淺移默化，我的心變得更沉靜，懂得緩慢，或許這就是古厝帶給我的改變，人因為沉靜，外貌或許就改變不大。

今天看到這首蘇軾的詞，頗有感觸，記錄下來，自從寫作以後，發現紀錄是一件非常棒的事，寫下來的文字可以呼應當時的想法，文字就是一種畫面與感受，只要有紀錄下來的文字，日後重讀時，都能喚醒當時的心情感觸，所以已經

習慣了紀錄，寫作，讓自己的想法更清楚的表達。

滿庭芳、窩角虛名：蝸角虛名，蠅頭微利，算來著甚幹忙。事皆前定，誰弱又誰強。且趁閒身未老，盡放我、些子疏狂。百年里，渾教是醉，三萬六千場。思量。能幾許，憂愁風雨，一半相妨，又何須，抵死說短論長。幸對清風皓月，苔茵展、雲幕高張。江南好，千鍾美酒，一曲滿庭芳。

且趁閒身未老，想寫文章趕快寫，百年里，在這七百多年的水頭聚落，幸對清風皓月，苔茵展，雲幕高張，真是滿庭芳，古厝夏季的陽光早早抵達院落，頗有滿庭芳的意境，陽光拉開一天的序幕，祝福今日順利平安，旅者此心安處是吾鄉，夜夜都好夢。

【瓊林老閩宅——阿德的分享】

認識阿德是因為他來訂房，他在旅行社的時候，常常接待一些貴賓團，當時古厝民宿剛起步，旅行社還不太會來訂房，大部分以訂飯店房間為主，因為民宿的房間數大都只有一棟五間到八間，一個團體二十人左右的話，常常要住到兩棟以上的民宿，旅行社常常覺得很不方便，照顧客人不容易，阿德因為喜歡古厝，所以想讓他的客人來體驗。

我回金門後，常常聽人說起阿德，大意是很會帶團，旅行社經營得很好，但我並不認識他，因緣巧合，他跟我訂房，幾次合作之後，對於他照顧客人鉅細靡遺的方式，終於明白為什麼他可以做得那麼好。有一次，熟稔之後，我開玩笑跟他說，可以幫我的古厝民宿房間畫畫嗎？沒想到他一口答應下來，找了一個風和日麗的下午，他來古厝作畫，畫荷、竹子，古厝的房間鮮活了起來，他的才華令我印象更深刻。

瓊林一五三號，整修得很早，在第一批的金門國家公園古厝標租案中，跟我的古厝同一批，二〇〇五年招標，當時古厝的標法，後代子孫有加分，租金是營業額的二〇%，每三個月繳一次，這一棟古厝民宿也是瓊林的後代標到，三年後，金門國家公園改標租金為固定公告租金，重新招標的結果，由非後代經營者標到，阿德於二〇一九年標到這棟古厝，已經是第三個有緣的經營者了。

阿德剛標到古厝時，我有去參訪，房子有一些問題存在，像是白蟻、彩繪脫落，空間有許多的地方，需要重新打造，老房子是木構與磚石，需要費心照料，愛得多、照顧得好，房子就會漂亮，就像家人一般，每天去關懷，去對話，晴天雨天，都需要費心照顧，阿德有美術的背景，決定一切自己慢慢來，看到他在臉書分享整理古厝的過程，一步步慢慢的復原，找到自己對於古厝的熱愛之心，也找到房子的契合與靈感，慢慢把溫度找回來。

取名老閩宅的這棟古厝，據說先祖是明代蔡守愚，他曾任雲南左布政使，雙落雙護龍的燕尾古厝建築，位於金門國家公園的瓊林聚落，阿德標到經營權後，用他藝術的眼光，首先將木門與彩繪就定位，金門傳統古厝的門都是黑色配上紅色方塊，阿德大膽用上不一樣的藍色與黃色，門口牆上的彩繪已經剝落，他用美術的繪畫基礎自己畫上，傳統的花瓶與牡丹，象徵平安富貴，角落畫上代表多子多孫的石榴花，長壽象徵的壽桃，吉祥的圖案為古厝添上色彩。

大門對應的一面牆，是俗稱的照壁，與大門面對面，可以阻隔外界的干擾，阿德在牆上畫著各種花卉與水果，有石榴象徵著多子多孫，有生生不息的花生，

還有屬於金門生態環境的水獺、蝴蝶、孔雀開屏等等，將這些圖案包覆成一個字「福」，有開門見福的象徵意涵。

房間內用色彩與畫畫佈置出舒適的客房，呈現古厝的典雅風格，讓旅客有個好夢。庭院種植著喜歡的各式盆栽，點綴著古厝的顏色，讓一棟古厝恢復生氣盎然，古厝很特別，不同的主人總能為它妝點出不同的色澤，賦予它新的生命，也可以說古厝等待有緣人，等契機，一拍即合，就是最美麗的樣貌。

阿德跟我一樣，從小也是生長

於後浦鎮上的古厝，他說就住在貞節牌坊旁邊，對於老房子的生活經驗，一直存在於記憶深處，在廊道裡夏夜觀星入眠，或在屋頂的平磚午睡，老房子對小時候的他來說，就像一個遊戲，可以玩捉迷藏，可以獨自躲在裡頭一整天。

金門很多聚落是單姓村，阿德姓李，古寧頭人，本來也想要標租自己姓氏聚落的古厝，可惜沒有緣分，反而在蔡氏聚落的瓊林扎根，現在的老閩宅比起小時候的老房子，更大更多空間，夠他好好回味，可以玩更大的遊戲了。

阿德比我年輕，在旅行社的資歷豐富，他說有一天起了個念頭，想要經營民宿安定下來，想要停止東奔西忙的帶團生活，原本以為民宿只有假日需要忙碌，平常可以好好休息，沒想到一接手之後，停不下來，所有的修復、彩繪、佈置，讓他比以前還忙，變成朝五晚九的日子，但是他忙得很有成就感，在修復彩妝的同時，慢慢了解古厝的歷史，發現蔡守愚的當官風格，跟自己目前的心境很像，「得不得，命也，非分之有，不必過求」，就像蔡守愚給自己的居室取名「寧澹」，在古厝中也很符合這樣的心境。

「吾居蜀十四年，不敢受各處一果一菜，不敢取地方一粟一絲，不敢任喜怒出入一罪，不敢聽囑託而臧否一人、不敢傳舍官府，不敢秦越軍民」，阿德每每對旅客說出蔡守愚的名言，為官的謙虛愛民，在內心深處又更明白了古厝一些，望著燕尾與廊簷，藍天白雲的院落，幾世代的守護，傳承的心更加深使命感，時至今日，「清白寧澹」的門風，更適合在疫情年代裡，砥礪自己，也與旅客分享的人生哲學。

古厝傳承的不只是居住，古厝的歷史與文化，更能給後代許多的映照，住一晚古厝其實沒有那麼簡單，首先房子要修復，修復的過程中要有傳統匠師，泥作師傅，磚石瓦的整合，至少半年到一年，還有彩繪師傅，油漆師傅，寫上春聯的毛筆字，這過程中要有多少傳統建築師傅的經驗合作，才能造就一棟傳統的古厝，居住其中的因緣更是見證幸福的時刻。

阿德隨後又標了一棟附近的古厝，瓊林一三一號老閩宅二館，擁有出磚入石、出磚入瓦的建築結構，可以體驗不同於台灣三合院的閩南式建築風情。這一次他更有經驗的著手佈置，維持修舊如舊的原屋風格，讓旅者可以有寧靜又舒適便利的住宿體驗，瓊林聚落的風情可以在早晨散步與夜晚觀星中感受，在古厝裡聽著主人阿德分享古厝的故事，以及蔡守愚的為官風骨以及人生哲學。

用古厝與旅者結緣，透過與古厝的朝夕相處，照護著古厝，汲取古厝的智慧與哲學，分享給有緣的旅者，是阿德目前人生階段的重頭戲，阿德很有才華，有一個自己的黴劇團，有一群對戲劇有興趣的朋友，自編自導，呈現金門早期生活的樣貌與故事。

像是結合落番史，以及戰地政務時期，編演成金門夢一九六〇的故事，民國初年金門人下南洋，夫妻分離，妻子在金門照顧著公婆與子女，望穿秋水，丈夫在異地工作，回鄉遙遙無期，以及戰地政務時期，軍人與百姓重疊的生活，透過這些不同時代女性的生活經歷，詮釋金門生活樣貌，女性如何從傳統角色期待，尋找到自己的生命意義歷程，不管在服裝、角色，都用心的一一呈現，過去的歷史是許多人的生命歷程，是金門長一輩的辛酸，透過戲劇讓年輕人，孩童，能夠在欣賞古厝與洋樓的同時，不要忘記這一段遠渡重洋的辛酸史。

再度與古厝相遇，也讓自己重新思索人生的許多意義，幾次與阿德一起上金門國家公園的民宿輔導課程，每每感受到他的轉變，漸漸沒有以前帶團時的匆促，總是帶著笑臉，不疾不徐，他說以前因為從事旅遊業，身心處於一種緊急狀態，趕簽證、訂機票，深怕耽誤行程。而現在，打理好的古厝，靜待旅者來訪，反而感覺到自己的內心豐盈，常常有一種滿足與成就感油然而生，不知不覺與旅客的朝夕相處中，發現原來自己的心也被照顧著，是雙向的互動，改變最大的是自己的生活態度，古厝默默的孕育著自己與旅者，儼然守著四季靜好的日常生活。

瓊林老閩宅——阿德的分享

◎文・湘夫人／圖・阿德

（此文登載於《金門日報》副刊，2022.7.13）

【節氣十四・處暑】

小暑 0822-0824 之間

《月令七十二候集解》：

「七月中，處，止也，暑氣至此而止矣。」

雖然是天氣開始變冷的時間點，

但是午後的艷陽仍然非常酷熱。

08/23

感覺整個夏天已經將肌膚曬成了黑色，所以好像也不在乎多曬一些了，反而在外出時忘了戴帽子或撐傘，唯一的習慣是仍然戴著口罩，多少可以防止一下紫外線。雖然天氣熱，也是盡量找清晨或是晚上的時間運動，目前走路是我覺得最容易在忙碌之餘的選項，提醒自己每天都要走路，別因為夏熱而懶散了下來。

【讀經靜心】

今年的暑假並沒有像往年有著暑假國旅潮，經過疫情三年多，大家都趁著暑假出國親子旅行，離島金門也不若以往遊客多，除了幾個日子古厝被包棟以外，散客的確比以往來的少，我也趁機開始了佛經的研讀。

以前以為會讀金剛經、心經、普門品、大悲咒，就以為自己有在做功課，雖然每天都會讀一些經，但其實最近發現佛經的精深奧妙，原來自己一直都沒有時間好好的認真的讀一讀。

也許是因為年紀到了，也許是因為人生的經歷有了一些感觸與體會，最近讀起法華經，竟是如此的平順，姑且先不管字句的解釋，能夠一直像看書一樣的讀下去，我都覺得無比的欣喜，原來一部法華經是如此的文字流暢、優美、每一品都是一篇故事，有譬喻、偈頌、人物、場景、緣由，像是一齣戲劇，仿佛你也身歷其境的參與一般，隨著書中問話的人，以及佛陀的解說中，自己慢慢加深了對佛法的理解，真是有如大夢初醒般，如獲至寶。

很多人可能覺得佛經很深奧，距離生活很遠，生活中其實很多理念跟佛經不謀而合，佛經包含了我們既有的認知，也像是幫我們回顧平常的行為，是否有不當之處，是否有疑惑之處，往往在讀的過程中，得到了解答，用這樣輕鬆的態度來理解佛經，其實受益匪淺。

法華經共有七卷二十八品，我平常每天都念的普門品是第二十五品，其中第二十品是常不輕菩薩品，望字生義，我覺得應該是很有趣的一品，就先讀了起來，原來常不輕菩薩是佛陀的前一世，恆常不輕視他人，禮拜讚嘆他人，並稱道：我深敬汝等，不敢輕慢，所以者何，汝等皆行菩薩道，當得作佛。不管遇到他人的惡口、打擲，皆不生瞋恚，而仍然作此禮敬、讚嘆。

在人生裡，常常會碰到一些無可理解的人事物，如果能夠輕輕避開，不起爭端，已經是很不容易的修行，又要如何學習常不輕菩薩，不只不見怪，還要禮拜讚嘆，相信人人皆可成佛，只是時日久遠不同，根器不同，悟的時機不同，這真的很難，讀完之後，我覺得這品很適合我平常提醒自己，不管碰到如何難解的事情，尤其是人的誤解，是否都能夠以常不輕菩薩的精神，來告訴自己轉念克服，

佛陀說完故事後，會有更簡潔的偈言，重新整理佛陀所說的內容，可以幫助研讀者更能理解，就像是重點一樣，讓我深深讚歎佛法的精深。

生活裡，除了一般的工作與休閒，如果能夠把一些空閒的時間用來讀經，讓自己學會孤獨面對自己的內心，沉靜下來，把佛經看做讀書來研讀，其實並不太困難，我的方法是不去字句解釋，比較注重其中給我的精神，意義，喜歡甚麼就讀甚麼，讀到心裡去就可以，佛法像是一部哲學史，我在叔本華的書裡也發現有一些佛法的影響，或許是因為佛法的道理經得起時代演變的淬鍊，給了不同年代的生命指引。

【旅行的意義】

中秋節過後，我正在打包行李，準備又要出門去旅行了，到台中開好客民宿協會的理監事會，這次可以住兩間不同的民宿，對於離島的我來說，是很難得的機會，人與人之間的相見，我們比台灣本島多了一件飛航行李的距離。

打包雖然很麻煩，但是我想著每天來到民宿的旅客，也是先從在他家打包行李開始，試著體會他們的雀躍心情，打包是一種旅行的期待儀式，心已經開始旅行了，開始拋開俗煩的瑣事，想想未來即將發生的旅程，會遇見哪些人？會去甚麼場合？該帶些甚麼禮物？這樣想著的時候，好像身心也開始朝向旅行的路途上，邁出了一大步。

旅行是一種生命旅途的轉換場景，好像舞台劇換布幕，換好之後，準備說故事，旅行途中將會有甚麼故事呢？我是故事的參與者還是主角呢？旅途中可以檢視平常日子的生活常態，也可以讓自己體驗不一樣的人生風景。

從小島再到另一個較大的島，鄉村到都市，習慣的慢時光將被轉換為快速與便利，身心去感受整個環境的變化，剛開始頗為不適應，當民宿主人其實是幸福的，可以在旅者與接待者之間轉換，感受更深。旅客拉著行李來，我們原地不動，卻也跟著他們來自的城市風景相遇，分享不同的人文風俗，從旅者的分享中，往往可以客觀的判斷來自的區域或生活領域，影響他們生命的樣貌。

這次入住苗栗的草山境，幾位苗栗的民宿朋友聚會，大家每人一道菜，有人帶紅酒，滿滿的歡聚氛圍，吃飽後，民宿主人打開設備極好的音響，並教導大家如何唱歌，我太久沒唱歌了，本來就容易走音，很沒有自信，但隨著他們的歡唱，慢慢進入情境，點了幾首那個年代的民歌。夜裡颱風呼嘯的山風抵達山城，下著雨，屋裡一室歡樂，颱風被擋在歡樂之門外，到了深夜，颱風慢慢離開台灣周邊，沒造成山裡的影響，從窗戶遠望出去的燈光，無比遼闊，我喜歡看山景，視覺很遠，感覺世界很大，美夜當歌，難能可貴，這些擁有夢想的民宿主人，感受到他們的真誠快樂，滿滿的友誼如此令人歡喜。

草山境的主人JOY，會吹薩克斯風，是陳昇樂團的成員之一，留著很有個性的小鬍子，以前也是美髮家，屋裡有許多的木雕作品，是他自己設計的，也有收

藏一些老件，構成民宿的氛圍，想想一座在山裡的建築，剛開始一片空地時，要如何的努力才能成就現在的實景，作為一名旅者，只有讚嘆，每一件眼前的作品，都是為旅人而想，來入住的旅者應該會為這樣的主人而感恩，想到白天沿著山路上山時，一大片竹林，蜿蜒而上，有著世外桃源的感覺，旅行是一種不同於生活環境的體驗，對於這裡的一切覺得很讚嘆。

一夜好夢之後，隔天清晨窗外寧靜，山嵐圍繞，餐廳裡主人擺好色香味俱全的早餐，已經有幾位朋友在用餐，歡樂的交談著，雖然我們經營著不同城市的民宿，類型也不盡相同，卻可以分享著經驗，彼此打氣與鼓勵，透過協會認識了彼此，找到在山上、在海邊、在鄉村聚落的彼此，構成台灣的角落星星地圖，在每個地方耕耘著我們的夢想，我們有空的時候，就是互訪彼此像此刻的歡愉。

用完早餐，驅車前往公館，也是民宿所在的鄉鎮，客家風情的餐飲，走走逛逛，體驗一下不同於金門的街道，午餐是客家小吃，用完餐，需要開理監事會的便往台中后里出發，今天的開會是在另一個餐廳，晚上也是住在另一位協會成員的民宿，自從三年前聽到主人的分享演講，我便心嚮往之，沒想到一忙蹉跎了幾年，今晚如願入住了。

今晚入住台中的法格斯——石光民宿，主人Jack和Rita，打造了長期蒐藏的青蛙珍藏為主題的民宿，位於台中外埔，有漂亮的庭院，舒適的房間，整個空間用許多收藏的老物件佈置，恰到其分的置入，整個民宿非常的典雅，深處其中，忘卻了塵囂。

每間民宿都有一位用心打造夢想的主人，實現了自己的夢想，每每體驗完之後，內心總是有無比的感動。有的民宿還有自己的另一項專業，像是下午參訪的台中耕牛園民宿，旁邊還有專業的文心蘭園，漂亮的花朵盛開著，可以銷到日本，主人分享著如何種植照顧美麗的蘭花，溫度與水分如何調整到最佳狀態，讓每一朵花兒都能如此飽滿美麗。

園區附近還有許多綠色植物，可以散步，享受農村的優閒，也有栽種有機無毒蔬菜，推廣健康飲食，配合上自家的專業，讓旅客可以學習體驗農村生活，將民宿的精神發揮得淋漓盡致。

這一趟參訪下來，讓我獲益良多，法格斯的主人還帶我們去鄰近的葡萄園，檸檬園，民宿主人與附近資源的連結，推廣農村的熱情，所以民宿像是在台灣每個角落的星子，當一個亮點，同時也帶領旅者認識所在村落，是一個同心圓的點，發展出一個圓滿的旅行，扮演著很重要的角色。

【節氣十五．白露】

白露 0907-0909 之間

09/08

天氣漸漸轉涼，清晨葉子上的露珠，車窗上的水氣，告知季節的更替，早晨六點鐘天色漸開的陽光充滿變化，樹梢的光照出不一樣層次的綠色，金黃色的綠光映著樹梢，雲層漸漸開出一縷光澤，慢慢飄散，有著幸福的感覺。

空中白鷺鷥比翼雙飛，從浯江溪口飛向古崗湖的方向，優雅的身軀展翅慢飛，是空中美麗的訪客，也有一些早到的花嘴鴨，悠遊於浯江溪口，日照漸短，黃昏可以在高粱田的翠綠中，伴著夕陽微風中散步，剛過暑熱迎來美好的秋天。

不知道是否剛好在颱風過後，天氣涼爽了好幾天，日落的時間提早，下午四點已經微微起風，這個時候又是漫步中山林最好的時辰了。

跟朋友相約走中山林，是一件美好的事情，彼此勿須等候，誰先到就先走，找個樹下等待，自然就可以會合了，在美麗的林相間，吸收芬多精，讓眼睛張開眨一眨，吸收點綠色的元素，可以緩和一下眼睛的疲勞。

來瞧一瞧，此刻夏天的尾巴，中山林有甚麼花開呢，有一紅色果子，就長在綠葉之上，萬綠中一點紅，有的三顆連續在一起，有的隔段距離又來兩顆，平面的葉子往左右敞開，平的，而紅果子是站立的，非常可愛，朋友說這是七日暈，也稱紅仔珠，單葉互生，生於山坡林下或是路旁灌木叢中，以海邊居多，根莖枝葉還有一些藥用效果。不知道是不是因為金門是小島，常常發現一些植物或是花，隨意生長，或許人為，或許是風，卻也都長得蠻好的。

隨後看到兩株紫薇，花開得很漂亮，喬木，原產印度，是一種適應性強的長壽樹種，我種的盆栽紫薇最近也開花了，沒想到中山林也有兩棵開得藕荷色互相鬥艷，有時候又覺得像淡粉紅色，端看陽光的強度，喜氣洋洋，頂生圓錐花序，花瓣有點皺縮，像縮小版的蓬蓬裙，讓人看了忘卻塵埃，開心又寧靜。

粉紅色的野牡丹也開花了，在路旁引起側目，夾雜許多未開的花苞，想必接下來還有一陣子的花期，跟有人走著聊著，不知不覺大約走了一小時，看看手機五五〇〇步，微微流汗，微風吹著，心情舒暢，今天算是達標了。

早上整理古厝的花園，欣喜的發現迷你櫻桃樹開花了，這株大約養了四年了，除了第一年買來時開滿了花，隨後一年一年減少，沒想到今年又來了個好花期，粉紅色的花美麗極了，園裡的紅花石蒜也竄出了好幾朵，在風中搖曳，多年生草本，不斷的自我繁殖，整盆子滿滿的花，花朵非常有自信，開得很壯觀，一根小小的莖就能高高撐起一朵花，挺立，也稱為彼岸花，秋季開花，冬季賞葉，花與葉不相存在，仿佛訴說著不生不滅，又生又滅。

植物往往帶給人很大的反省，它們有時候那麼的不起眼，懂得隱藏，甚至什麼都看不見，只剩球莖，仿佛消失了，但是屬於它的花季來了，仍然毫不遲疑地綻放美麗，就像是一個舞台，大家輪流上場表演，很有秩序的，一個節目接著一個節目，誰也不搶，誰也不退縮，年復一年，只要還健康，便會克盡其責。

九月十五日的時候剛好是農曆的八月初一，旅客漸漸多了起來，農曆七月有些人還是會避免出遊，剛好縣政府為民宿業者排了綠色旅宿標章的課程，旅宿業已經從生態旅遊進化到綠色永續生態，對於環境的關懷與守護，最常見的除了不

提供一次性備品，如牙膏牙刷、塑膠袋、塑膠用品等，盥洗用品也都綠色採購，選擇有綠色標章的洗浴品，很久以前已經推行的續住不更換床單，仍然更加嚴格執行，經由政府的宣導，很多旅客已經有這樣的素養，避免了紛爭，這些仍然有待政府的廣為宣導。

很多事情都是要等待時間的累積，經由同儕之間的約束，比較能夠被接受，而站在第一線的觀光業者，只能規勸，宣導，無法強制執行，當然我們都是綠色永續的推動者，因為我們也是要避免因為行業別而成為環境的加害者。

上了兩天的課程，吸收了許多專家學者的專業，透過工作坊的分享方式，讓學員分組，透過討論分享，彼此也更加認識，這樣的課程是有需要的，不僅可以單方面的聽課，也可以小組討論與認識，上一次課不僅知識增加，也能知道其他業者做了哪些的努力與改變，收穫很多，自己又可以重溫當學生的精進感，實在很棒而充實的兩天。

難得大家透過一些政府單位的課程，或是協會的活動，認識與互動彼此，像是分散實則也有平台的連結，這些年來的歲月，經過了許多的變革，還好自己一直有跟上學習，在每個階段都覺得很充實，面對未來的世界與生活型態，其實我們一直都深處大境的裡面，而非離群索居，既分又合，擁有自己的生活方式，卻也因為跟旅客的互動，擁有全世界。

【節氣十六・秋分】

秋分 0922-0924 之間

秋分有一個很特別的節日中秋節，秋分時，全球晝夜等長，此後北半球各地晝短夜長，南半球各地晝長夜漸短。

09/23

這個時節感覺陽光還是非常的強烈，難怪習俗都說秋老虎，午後的陽光照得人很不舒服，總想躲在屋內，只能利用早晨與黃昏的時候運動，夏天真的特別長啊。

【太武山的坡道】

最近常在清晨七點左右爬太武山，金門最高山太武山海拔約二五三公尺，從玉章路上山，許多的綠意樹林陪伴，鳥兒鳴叫，三兩山客路上相逢，或是隨行或是錯身而過，如果我獨行，通常考慮體力，只爬到一公里處就回頭，這樣來回兩公里，大約五十分鐘，我想慢慢賞花賞綠意，不急著爬山，讓身心置入山林中，慢慢感受山的青綠，讓自己中途歇一歇，回頭一望，從高處往遠處的海灣，像一裙襬綿延而去，看看晨霧中的小島，安靜的籠罩在綠色的大地中，拖曳的港灣，沉靜而美好，這真是一個優雅的島嶼，像一位文人儒士，安逸而沉靜。

這個時節的太武山，鹽膚木開花了，淡淡的花穗在陽光裡微笑著，台灣欒樹的紅色十月也在樹梢悄悄報到，路上的山友也慢慢眼熟了起來，有時問候一聲早安，真是不用相約，偶遇更好，心靈與山的沉默對話，把心事留在山裡，說給山聽，山沉默不語，默默地回應。

登高遠望才能釐清思緒，幾天過後，竟也發現腿瘦了，腰也瘦了，綠意山林中的寧靜，身體也感受到了，心思慢慢沉靜，遠處的雞鳴聲此起彼落，鳥兒自成曲調的和聲，微風吹來，我想起了法華經中的常不輕菩薩品，常不輕菩薩對於任何遇到的人都不敢輕視，並加以禮敬，並且讚嘆每個人未來都能成佛，常不輕菩薩品的經文，在山裡讓我有種豁然開朗的心裡映照。

如果是黃昏的時候爬山，陽光漸漸轉弱，陪著太陽慢慢轉成溫和的夕陽，照耀小島，三五成群的遊客，互相聊天作伴，腳下的步伐彷彿輕鬆了起來，一步一步上山，聽著自己的心跳聲，踏實的與自己對話，偶爾遇見熟識的朋友，可以聊一下近況，上山下山各自不同的路，只是偶爾做伴或是擦身而過，都是一種緣份。

【參加文章投稿】

太開心了，觀光局舉辦了「二〇二二誰家最好客」投稿文章票選，分為十個項目，「自然生態」、「建築設計」、「海灣風情」、「壯闊山景」、「小鎮慢城」、「綠色慢活」、「親子童話」、「美食吃貨」、「長宿樂齡」、「特殊體驗」，以上這些項目也可以說是觀光局將台灣民宿分為這幾個典型，近幾年來，民宿蓬勃發展，類型也漸漸細緻起來了。

評審分為網路票選人氣佔六〇％，評審專業評分佔四〇％，很開心有四位朋友幫新水調歌頭、水頭四十號民宿投稿，這期間投票從八月一日到八月二十九日止，我在臉書幫忙鼓勵請臉友幫忙投票，一天一個IP可以投一票，感謝大家幫忙，今天公布評選結果，有三篇入選十大好文。

很開心他們入選了十大好文的十篇中的三篇文章，希望他們可以再來金門旅行，這麼喜歡金門古厝的朋友，可以說都有一顆老靈魂，喜歡古厝的歲月靜好，才會一來再來。

另外我自己也投稿了朋友家的民宿，苗栗的普羅旺斯鄉村民宿，因為我的網路票數比較少，本來以為不會得獎，沒想到得到評審獎，真是很大的肯定。

當初以為自己不能寫自己的民宿，所以就投稿了朋友家的民宿，因為一直請朋友們幫忙投票以上朋友們寫的我家的民宿文章，而沒有為自己的文章拉票，結果很開心，居然受到評審青睞，也得了三名評審獎中的一名，太開心了。

自己得獎的文章節錄如下：「普羅旺斯鄉村民宿」。

〈山中的精靈〉

我來自離島，山對我來說是很大的誘惑，山的美麗與壯闊，對於小島的我來說，永遠是一個遠大的的胸懷，山路上的幾戶人家，夜裡美麗的星光，一盞盞溫馨的家的燈火。從小我對於生命的企盼，是一棟房子，從煙囪中裊裊升起的煙束，蜿蜒於黃昏的彩霞中，鍋鏟的聲音傳入耳膜，菜的氣味飄入鼻中，那是我最滿足的憧憬。

自從我認識南庄普羅旺斯的民宿主人，每隔一段時間，我便要驅車上山，尋找我夢寐中的家，母親淑玲的手藝，永遠可以在短短的時間，端上一桌色香味俱全的客家菜，尤其是我最愛的炒米粉，將米粉泡軟，慢慢準備其他的香菇、豬肉、蝦皮、紅蘿蔔絲等配料，我們慢慢聊天，慢慢等待，時間緩慢的流淌著，溫情在米粉中發酵，隨著熱鍋的食材慢慢炒香，香氣在山裡蔓延著，我尋找到了小時候的夢想之景。

夜裡的普羅旺斯無比寧靜，星空清澈如銀，映照著一輪明月，在山的洗滌中，朋友們敞開心胸，端起小茶杯，聞著山風，應著風的節奏，說著日子的閒適，情感的堆疊，山是沒有罣礙的，包容了所有的秘密。

在早晨的綠意中醒來，揉揉貪睡了好久的眼眸，拉開窗簾迎向一屋子的晨光，在乾淨的衛浴裡沖澡，粉色系的房間，彷若歐洲的公主，遠離塵囂。

住宿的地方與餐廳是分開的，旅者享受了絕對的靜謐，山中無歲月的慵懶，步下台階，向著飄香的餐廳尋來，小女兒向我們親切地打招呼，招呼我們入座，蒸南瓜、地瓜、煮蛋、肉桂捲、咖啡，好營養的早餐，並且陪著我們慢慢聊著，親切而溫馨。

飯後男主人聰哥帶著我們順著山路，散散步，欣賞山裡的綠意，放鬆心情，眷戀著山景，不同於離島的風情，也讓情緒徹底的轉換，多了度假的欣喜。普羅旺斯給我的溫馨，在開始訂房時，從大女兒佳佳溫暖詳細的解說，到入住的一切，是一個永遠接納遊子的家，淑玲一家人溫暖而真誠，像這山景一樣，在四季裡各有風情，永遠都包容著每一個疲憊的旅客，釋放出滿滿的芬多精，讓妳能量充滿，醒腦之後，再邁開步伐下山，投入另一段旅程。

順著山路下山，行囊中多了豆腐乳、當季的三灣梨，甜而不膩，清爽可口，夾帶著這一家人滿滿的愛與叮嚀，山風猶在耳，縈意包圍著暖暖的心，我當再來，當山呼喚我的時刻，我當回家，享受家的溫馨。

【秋分我們在澎湖】

自從宜蘭的許姐開始款待我們，延續了我們每年的姐妹會，秋高氣爽的九月，澎湖遊客漸少，我們相約去候鳥潮間帶民宿找美滿，民宿的前面一大片寬廣的潮間帶，看著日出日落，大自然的變化令人心曠神怡，有日落的美景，有姊妹相伴，感覺無比的幸福。

澎湖的魚市場充滿各式海鮮，於是美滿安排了沙灘上烤海鮮餐，澎湖的幾家業者好友也都來相聚，大家各顯本事，在夜光的沙灘上，不僅有美食大明蝦、小卷、魷魚、生蠔、烤魚，還有最令人期待的龍蝦泡麵，常常在網路上看到澎湖的行程，有在小島上吃這道美食，美滿和淑玲為此還特地到港邊等漁船靠岸，夜在笑談聲中華麗登場，漫步沙灘，燈光下光影婆娑，溫暖了整顆心，情感讓心安定，相聚的歡樂讓這一年身心得到撫慰，我們雖然都經營民宿，相聚的時候卻很少談民宿話題，互相分享生活中的所見所聞，聽聽姊妹們的想法，每年看著她們的成長，提醒自己也要努力，生

活中的互相提攜，這一切要感謝民宿因子，讓我們相遇相知相惜。

【山陀子颱風來襲】

山陀子颱風徘徊在台灣南邊海域，緩慢的猶疑前行，漸漸從高雄北上，金門很脆弱，非常擔心它從台灣海峽上來，今日台澎金馬都停班停課，金門目前沒雨，風吹樹梢搖晃，我在公寓五樓望出去，遠端的天色一層層，就像剛習畫的水墨，層層分明，一層白光一層灰色系，畫了一個弧線又一個弧線，天色灰而清麗，遠處的廈門高樓看得特別清楚，金門大橋是與高樓的一個分界線，玉頸鴨展次飛翔空中，山雨欲來的寧靜，班機都取消了，光輝的十月迎來一個颱風假，民宿只有一組客人，其他都免費取消了，希望颱風快快遠離，無災無害，回復原來的平靜生活狀態，當自然變化的時候，我們其實很渺小，科技雖然幫助人類不少，還是得靜靜等候自然狂怒的時刻過去，敬天畏神的道理就像修行一般，提醒著我們。

沒有班機、沒有船的此刻，金門孤立於海上，遺世獨立，有一點想到父親當年的孤寂，在小島上只限於小島的生活，壯志難伸，廈門過不了，台灣又很遙遠，一大家子不敢輕言遷居，就這麼在島上奮力的養家糊口，想起來有點心疼，當時年紀小完全不懂，看著天色映照著心情，有點懂得了像這種天氣的悲涼感。

【節氣十七・寒露】

寒露 1007-1008之間

九月節，露氣寒冷，將凝結也。容易將露水結成霜，深秋的季節。

十月的金門微風輕吹，踏青的好季節，風把天空掃得一望無際，爬上太武山看得很遠，有雲無妨，遠處的金門大橋、福建山脈盡收眼底，頗有登高望遠的好心情，

十月也是旅客拜訪古厝最多的季節，藍天下的聚落古厝非常乾淨，白雲輕飄，閒適獨立。

【閱讀筆記】《從弘法寺到天后宮》

很謝謝曉鈴到金門的時候，送我這本書，宗教對我來說，一直並不是主動的去探討，而是隨順因緣。就像曉鈴書中提到的，她因為曾經是旅遊記者，去過了許多不同的國家，在採訪期間的機緣，不知不覺走過西方的耶路撒冷、也到過佛教的恆河，更於採訪日本期間，走訪許多寺廟，這些跟信仰有關的宗教與寺院建築，總是深深讓她駐足，並作筆記，當下就是單純的紀錄，沒想到因緣俱足之後，有了這幾本書的產生。

曉鈴出過《日本岩手、掌心上的奇蹟旅程》、《日本珍奇廟》，而這一本是她讀完宗教研究所之後的論文整理，這一路走來，她從不為何原因的好奇，到寫出手邊搜奇的資料，居然有一貫的脈絡可尋，她是幸運的，興趣變成了研究，這三年來的疫情，讓我們無法在外忙碌，也讓我們反思自己，寫作變成了認識自己的最佳方法，我常在想，每天時間大家都一樣，要怎麼樣的珍惜時間，才算不浪費時間，每個人的興趣不同，不過集中一個或兩個項目，或是一條累積的路，往往比較會有一些成績出來，也讓自己更能明白自己的方向。

這本書讀來，最吸引我的部分是，日本人在台灣的宗教影響，我對於日本在台灣的時代並不熟悉，而是聽母親說過，日本人來金門時她只有八歲，日本離開金門時，她已經是十六歲的大姑娘了，平常在金門生活，並不感覺到日本在金門遺留了甚麼影響，從小到大，除了常常聽到「日本手」的時候，生活如何如何，例如種鴉片，導致吸鴉片上癮，變賣田產，或者是幫日本人蓋機場，很窮，常常吃地瓜，日本人的皮靴很大聲，一聽到就趕快躲起來，其他對於我來說，有點陌生，而這本書，說的是日本在台灣的宗教，為我揭開了台灣日據時期的面貌，很吸引我閱讀。

開始讀的時候，對於「遍路」不太懂，原來是指信仰者朝拜「八十八尊石佛」的路程，出生於讚岐國的弘法大師，年輕時在四國修行，留下許多的事蹟和傳說，共計有八十八所寺院，形成八十八所靈場，剛開始我對於「靈場」也是很疑惑，後來才知道原來是指寺院。

而在大正十四年，也就是日本治臺三十年的時候，台北也成立了新四國八十八所靈場，將日本宗教傳入台灣，包括了真言宗、臨濟宗、天臺宗、淨土宗、曹洞宗等等，有在移居地複製故鄉信仰的虔誠，雖然在四國的遍路要花四十多天才走完，但在台北的縮小版也要四天左右的行程，從弘法寺出發，經過圓山、芝山巖、草山、竹子湖、北投，終點也是回到弘法寺，朝拜八十八尊石佛，有觀世音菩薩、藥師如來、阿彌陀佛如來、大日如來、地藏菩薩、釋迦如來、不動明王、虛空藏菩薩、彌勒菩薩、文殊菩薩、大通智勝如來、毘沙聞天等佛，每一尊石佛都根據四國遍路中的每一間寺院的主祀本尊，這樣的供奉在台北各處，有的在市區，有的在山區，有些在寺院、神社、公園、墓地，有些在路徑上。

日本遍路的走訪者，不一定是佛教徒，有些人是想要以更宏觀的角度觀照自己，能夠走完全程的人，等於是給自己一個不一樣的挑戰，藉由這個過程，讓自己思索一些人生的哲理。

台北經過這些年，不管是人事物都有一些改變與變遷，有些石佛已經找不到，但仍然有一些還被供俸者，也有些是私人供奉，書中有說明哪些寺院或地方，還可以找得到石佛，也有蒐集整理一些現況，讓我不由得充滿好奇，也想找時間去探訪。

這本書從開始閱讀，就一直很吸引我，因為可以從中了解到日本佛教、佛寺，以及台灣被影響的情況，還有目前仍然存在的石佛，閱讀的過程中，常常有一些經典佳句，從宗教的體驗或是人生的哲理，有時候要停下來做筆記，身心靈得到很大的洗禮，有興趣的讀者不妨買來閱讀，可以得到很大的啟發。

閱讀過程中，腦海裡不斷出現金門的風獅爺，目前金沙鎮的風獅爺APP中有

一〇一尊，可以連結到地圖搜尋位址，串聯起金門的每個聚落，又發現金門地圖的形狀，有點像四國地圖的形狀，覺得很巧合，如果把風獅爺編號，尋訪一圈恐怕也需要至少三天或四天，這也是另一種環島的方式，可以認識不同村落的歷史與風貌，只是不知道金門是否也曾經有日本宗教的推廣，或是有遺留下甚麼，隨著時代往前移，紀錄是很重要的事，很謝謝這本書，帶給我不同的視野，在疫情無法出國的年代，這本書提供給我走訪一遍紙上的遍路，滿足我的心靈閱讀，是很棒的一本書。

（本文登載於《金門日報》副刊，111.12.20）

【時間】

人生難免跌跌撞撞
有對有錯
應該把握時間

努力讓自己
活成自己喜歡的樣子
這一生
有人很早就知道要怎麼過
有人很晚才明白怎麼一回事
有一天你就突然懂了
懂得了過往
懂得了喜歡與不喜歡
懂得了重要與不重要
只要活著
你就都可以再努力
活成自己喜歡的樣子
其他留給別人去評論
浪費的是他的時間

只要活著
就還有時間
時間，多美麗的字啊
在整個空間裡流動
它還有許多美麗的名字
叫做晨、昏、朝陽、午后、星光
時間更有感覺的樣子是
春、夏、秋、冬
好好收藏它吧
就像集郵一樣
收藏再收藏
下一套
未出版的
永遠更令人期待

【節氣十八・霜降】

霜降 1022-1024 之間

10/24

是一年之中晝夜溫差最大的時節，注意保濕及保暖，在飲食上宜平補，多食粥及其他滋潤的食物，以生津潤燥，固腎補肺，如柿子、梨、蘋果、橄欖、洋蔥、芥菜、蘿蔔等食物，保持心境愉悅，控制情緒，安然渡過秋季。

天氣漸漸轉涼，早晨的車窗佈滿露水，古厝的院子充滿水氣，直到九點鐘的陽光，才漸漸化解空氣中的濕氣，漸漸暖合了起來，金色的陽光照耀古厝，讓人神清氣爽，充滿希望。

【聚落解說】

幫烈嶼國中的二個班級解說水頭的歷史與建築，看著年少的他們，喚醒我曾有的青澀年紀，學生們有的認真寫筆記，有的活潑好動，有的靠著我身旁專注開啟手機的錄音模式，就像手冊中的一個題目：金水國小的紅磚圓柱除了顧慮小學生的安全之外，還有另外一個諧音的含意是甚麼？答案是：專注。

二個班級分為二個梯次，各一個半小時，A車的學生比較安靜，我從黃氏家廟開始介紹水頭的歷史，再比較奎壁聯輝古厝與家廟的不同建築型式，奎壁聯輝牆體的紅磚雕刻是光緒年間的特色，也帶學生們進屋內參觀，讓他們看看金門國家公園修復再利用的古厝空間配置，房內已經有了獨立的乾濕分離衛浴，也有窗戶，相當的明亮，很多學生都住在現代是的房子裡，少了古厝的生活經驗，這樣的教育是很有需要的。

從明代的黃氏家廟開始介紹水頭的最大姓，清朝的發展，再走到光緒年間的古厝、有著光緒年間美麗的磚雕、每個圖騰代表著主人的意涵與希望。再介紹水頭三十七號的牆體花磚，從二十世紀初開始的日式花磚，這些彩色磁磚精美的圖案與工藝，透過外銷到廈門與沿海、擴展到東南亞，金門人運用在這些番仔厝、番仔樓上的裝飾牆面，恰恰說明了金門早期的落番史與接觸外來文化的影響，門口的雞蛋花從南洋帶回栽植，也有「番花」之稱，走一趟建築隨著歷史的年代進入到當時的生活文化。

接著介紹「黃輝煌洋樓」展示館，記得修復好要開幕的時候，正巧後代子孫之一跟我訂古厝住宿，我把資訊給她，她也剛好回來參與洋樓修復的開幕，冥冥之中的安排令人驚喜，二樓的娘惹餐介紹、娘惹文化與服飾，土生華人的生活，學生們順著木梯上下參觀，門口的牆體因為殼灰與洗石子的成分，在陽光中呈現出美麗的色澤，閃閃發光，這棟一九三一年完工的洋樓，因為水頭的綁架事件，讓屋主又加

蓋了槍樓「得月樓」，作為防禦之用。我曾經去過廣州開平的碉樓，原來閩粵有著同樣的出洋史，金門人下南洋的多，開平則是還遠到美、加打拼，同樣回鄉蓋起了洋樓與碉樓，原來金門人的出洋跟他們有一樣的軌跡可循。

最後來到學生們比較熟悉的學校「金水國小」，許多水頭村的孩子都有過在這棟番仔厝上課的小學時期，我問了鄰居的男孩，他算一算自己的年紀，證明學校應該是在一九八六左右停止招生，他們因此轉而到隔壁村的古城國小唸書，這棟美麗的番仔厝，曾經也是日據時代的野戰醫院、國軍的怒潮士官學校，在動盪不安的年代，學校在停辦與復校中艱辛走來，很不容易，現在則是由金管處管理的展示館。

村中阿伯說：他也有捐土地，印尼華僑發起募款，當時在金門是一棟很新式的小學，村中的孩子增加了就學的機會，減少文盲，那個農業為主的時代，上學除了經濟的壓力，還有農忙時需要孩子們幫忙，就近上學讓孩子們多了就學的機會，我想到小時候，因為家中兄弟姊妹多，上學是一個很不穩定的狀況，姊姊們被迫中斷上學，回家幫忙帶小孩與忙家事，是很可惜的事情，而我運氣比較好，在極力爭取下可以繼續上學，內心無比感激姊姊們的犧牲與付出，現在的孩子們是很難體會不能上學的辛酸，當時的金門跟現在的發展，有著很大的落差。

帶領學生在金水國小中昔日的教室上課，介紹著連鎖式移民、批局、水客、阿秀巧認家書、華僑興辦學校，最後介紹水頭館、水頭的建築群、修復再利用的民宿群，學生們努力寫筆記，希望自己的分享能為他們帶來幫助。

來水頭居住也十八年了，常常分享與解說水頭的建築與歷史文化，每一次的需求都不太一樣，自己也就以不一樣的內容重點說明，這一次因為是國中生，為了釐清一些年代與事蹟，花了一些時間整理文章，自己也從準備講稿中更了解水頭聚落，平常在水頭散步，走過石路私塾的早期路線，常常在古厝與洋樓中，感受這一切的時代氛圍，讚嘆偉大的建築，平常輕鬆的走讀，與這一次的戰戰兢兢自是有所不同，仿佛自己也上了好幾堂課，收穫頗多。

建築流傳下來，賦予時代的意義深遠，我常心想，除了文字，建築同樣功不可沒，它就矗立在那裡，告訴人們以往的輝煌歷史，蓋了美麗房子的古人，當時也是一位充滿理想的翩翩君子，努力的工作、努力的存錢築夢，但是抵不過歲月的變遷，人事的凋零，唯有美麗的建築幫他們見證那一段歷史，那一段刻骨銘心的夢想，建築帶給我們的激勵，除了建築史的演變，更是人們奮鬥的軌跡，每當我走過這些曾經，除了讚嘆，更能啟發自我的思想，如何在屬於自己的歲月中，好好的走過這一遭，要留下些甚麼，或者是只讓自己這一生，在哲人已遠的歷史中，找到自己的歸屬。

陽光曬得我滿身熱烈，孩子們童稚的眼神，勤學勤記，這天早上，我花了三個小時，帶著兩梯次解說，看著孩童不同的個性，一班活潑愛問，一班勤學勤記，臉上都充滿了孩稚的童真，世界在他們面前展開，歷史正在跟他們串接，我微薄的努力，希望也能盡一份家鄉的責任，將知識與建築傳承著，不使中斷。

【老兵返金——長壽的光輝】

在九十五歲的人面前
我佩服了

剛進古厝的大門
他的眼睛炯炯發光
拄著自己用竹竿削好的模樣
代步理所當然

聽說
長壽的秘訣
勤儉單純吃得少
還有不麻煩他人
無功不受祿一定要回禮
先請坐在客廳閒話家常
姪兒說先讓他適應古厝
看他喜歡嗎
老人家說
八二三那年十月來到金門

湖下營區待了幾天
一年八個月待在鵲山
站在舊營區門外觀望
沒有太多的心情起伏
六十六年的歲月在金門的秋天
再次相遇
變化了怎麼能不變
只有珍藏的記憶最純粹
六十六年的春夏秋冬
把長鏡頭拉近了
再次遇見金門
是姪兒們的孝心
老人家的職業是蓋古厝
抬頭看看古厝的廳堂

一根兩根三根楹樑
天地人富貴貧天
老人家笑了
七根楹樑的廳堂落在天
是吉祥的古厝
是這家人好福氣
沒有得罪大匠師
沒有被做了不好的符咒
四水歸堂的院子聚財
只留一個排水孔
慢慢洩水
燕尾脊墜手法細膩
老人家非常滿意
「好了，我們進房吧」
「啊不行，我們該回家了」

「打擾太久了」
「不，我們今晚住這裡」
一再相勸保證不會叨擾
扶他進到廳堂旁的主閣樓房
掀開被子讓他坐下
他笑說這床太好了
拿個草蓆睡地上就可以
跟姪兒說我們全部擠一擠吧
「沒有人要跟你擠啦」
一夜好眠
早晨
沒關木門的紗門內
嬌小的老人家
已經起床正在摺被

四四方方的把被攞床中間
緩緩爬上床中央
拿起一個枕頭
拍一拍拉一拉
放回原來的地方
再重覆另一個枕頭
惜物的動作感動了門外的我
幫我上了一課生命的態度

端上一碗金門粥糜
老人家喝著配了油條
昨晚睡得很好
精神奕奕
「當兵的時候有吃過嗎？」
「當時那麼窮沒吃過」

吃一塊金門古早味蛋糕
再來一段喜歡的油條
姪兒說不能送禮
他會不安無以回報
受日本教育的他
言行嚴謹客氣有禮
坐在廊道上歇著
不喜歡拍照的他
跟我跟古厝合影
送別的時候隔壁的阿伯走來
十九年次對上二十一年次
他們笑著打招呼
我從旁介紹著彼此
今日的秋天起風了

颱風外圍環流的影響
他們卻是日日是好日
天天如常生活著
喜悲只寫在歲月裡
不寫臉上不讓欣悲起伏
能走就不坐輪椅
一根竹竿撐起腳慢慢的抬高
再抬高終於也跨過了門檻
阿伯很高興
他心愛的古厝
有另一位比他年長者
明白了他的苦心維護
他們揮揮手
交錯在生命中的一個秋天

（2024.10.24）

【節氣十九・立冬】

立冬 1106-1108 之間

11/08

立冬，表示冬季自此開始，秋季的農作物全部收曬完畢，收藏入庫，動物也準備要冬眠了，金門此時節算是乾季，在十月的黃金假期之後，延續著仍然很高的遊客率，騎著機車與單車的遊客穿梭大街小巷，在三年疫情之後，漸漸遊客來訪，小島也熱絡了起來。

最近喜歡上清晨的光影，鬧鐘設定五點三十分醒來，從公寓望向後方聚落古厝群，更後方的樹群上方，有一個畫面中最有造景感的涼亭，再後方樹群的空歇處，居然可以看到太武山的雷達，這個村莊叫做山前，真的是遠處近處皆有山，這裡有我的秘密基地，無比寧靜的小窩，沒想到看到了這麼漂亮的晨間光影。

拉開窗簾的剎那，常常被那衝破黑夜的晨光所感動，為今天開啟了美麗的心情，看那暗黑中的一抹光霞，近處是寧靜的聚落，彷彿還在睡夢中的古厝，安靜得像是黎明前的慵懶，深怕被吵醒，捲曲著，連排的燕尾，在晨光中不斷的被喚醒，晨光開始用它溫柔的光影喚醒著，一圈光，兩圈光，慢慢移開來，金色的耀眼，夾帶著雲兒，向兩旁推開，慢慢成線，成面，成為它的天下，溫柔而堅定的照亮整個聚落，這大約是三十分鐘左右的事情。

有一天，我取出了畫冊，開始用鉛筆構圖，光的變化太快，我取出了彩色筆，畫光，逕自塗著，將眼睛所見的顏色，試圖畫出來，最後當然是無法表達我腦中的感覺，最後畫著圈圈了，雲成一圈又一圈，光伴隨著雲，最後頹然擱筆，起床刷牙洗臉，光還在我的腦海中，窗外已經大明，一天開啟序幕，有人巡視菜園，有人騎車出門，而光整個存在卻無法找尋了。

【立冬之約（2022）】

緣起於好客民宿協會，讓我們變成朋友，而有了年度之約，四位民宿好友於立冬來到金門，住進水調歌頭古厝，有了去年的款待經驗，我這次的安排從容而不緊張，就像對待家人一般，當時間靠近，古厝的心情就跟我一樣，歡欣等待著她們的來到。

逢春園的許姐最先抵達，金門大橋剛開通，雖然今天風大，受颱風環流影響，許姐說飛機搖晃得很厲害，但是她仍然帶著愉快的心情赴約，因為年度之約怎能受影響，所以我跟匡毅先載她去小金門，十月底才開始通車的金門大橋，全程五．四公里，國內第一座具高技術性的長跨距海上特殊公路橋梁，遊客一來就要來體驗，許姐有幸是我第一位載過去大橋的朋友，能夠直接開車過去小金門，我也覺得很興奮。

金門大橋從大金門湖下村到烈嶼鄉后頭村，大約開車需要七分鐘左右，今天有點風大，還有些微小雨，過橋時看到廈門的高樓矗立就在右手邊海的那一頭，可以近距離看得這麼的近，許姐說經此大橋，對金門與廈門的關係更有感覺了，我幫她在橋頭拍張照片，風吹亂了她的頭髮，我們一起歡笑著。

我們走了小金門的黃厝村，吃了特色料理芋頭仙草、芋頭丸子，經過西方文創社區，拍了美麗的高粱田，這個時節高粱尚未採收，從美麗的濱海公路前往西湖賞鳥區，許多的白鷺與蒼鷺，悠閒的在湖畔，小金門的寧靜讓許姐玩得很開心，雖然去年也有來過，但今年是開車過小金門，完全不用換船換車，有著遠距離旅行的渡假感覺，可以慢慢欣賞，隨興停靠喜歡的地方，是一場微旅行的優雅，金門雖然不大，這一趟小金門行，我自己也覺得很療癒。

下午繼續趕到會合的是澎湖候鳥潮間帶的美滿和兒子，我前幾天才剛去澎湖渡假，馬上緊接著換他們來金門，時空不一樣，島嶼風情也不盡相同，她兒子育翔也已經在幫忙經營民宿了，她說這是民宿取經之旅，讓年輕人彼此互相學習，晚餐前最後一組姐妹會的淑玲和聰哥也趕到了，終於四位好姐妹

都到齊了，聚集在金門，真的好開心。

夜宿古厝，大家聊得盡興，完全不想睡覺，第一夜我就已經是兩點才睡了，哈哈，往後這三夜，天天都是如此，有許多話都聊不完，有民宿的事情、生活的分享，毫無界線的聊著，古厝的夜有我們難得的輕鬆，聰哥在旁邊靜靜笑著，看著我們聊的天南地北，沒有結束的意思，最後只好先進房先休息。

來金門，這次特別帶她們看看幾個邊境，東北角的馬山、西北角的古寧頭，讓她們對金門與對岸泉州和廈門的距離有概念，夜裡的同安渡頭，剛好有海洋藝術季的作品，讓她們知道早年金門人落番下南洋的舊碼頭故事，逛逛後浦熱鬧街區，說說我小時候在後浦長大的故事，帶著好友們走讀家鄉，心頭真的特別開心，跟朋友分享這一切故事的時候，彷彿重新走一遍過往的自己，從童年到離鄉背井，時間瞬間壓縮到了現在，最後回到水頭聚落，遊興不減，繼續逛逛夜裡的水頭的古厝與洋樓，得月樓前的燈光，將手機放在石桌上拍著倒影，將今昔的自己像倒影一樣，結合在一起了。

我們四位的民宿現在都有孩子們幫忙經營，可見我們都是早期的經營者，許姐跟我一樣差不多快二十年了，候鳥和普羅旺斯也都有十幾年了，我們從早期的民宿經營模式走到現在，不斷的更新設備與思維，讓民宿與自己都能跟上時代的腳步，像逢春園已經由第二代開始轉變，有了自己的特色餐廳，帶來了更多的新旅者，為民宿注入新氣象，民宿經營者的思維，影響著民宿的發展，所以新血的參與，是非常重要的，因為民宿是人的行業。

每年我們約定有一場春分、一場立冬之約，其他的日子有了興致就相聚，有時候是協會開會，有時候是泡溫泉，我們雖然在不同縣市，卻因為經營旅宿，而有了更多話題，更能互相勉勵分享，這是很奇特的緣分，我相當珍惜，每次相聚都很快樂，從她們身上學習到許多的人生經驗，以及生命各個層次的智慧，雖然我較年長，卻每每覺得都是她們在照顧我，我也樂在其中。

民宿的領域包羅萬象，經營模式也愈來愈多元，大家除了分享也讓自己的視野更寬廣，不同型態的城市要面對不同的問題，彼此的情感讓我們不再孤獨，在山裡、在海邊，各自閃亮著，聚在一起的時候，好好當一名旅行者，欣賞沿途的美麗風景，也許有一天我們能排除不同城市的旺季時間，一起出國旅行呢。

【節氣二十·小雪】

小雪 1121-1123 之間

11/22

氣溫慢慢下降，北風氣層溫度逐漸降到0度西以下，開始降雪。
此刻的金門，卻是很舒服的季節，
除了偶爾吹較大的風以外，
大部分都是陽光普照的日子。

十一月是金門最舒服的季節，金黃色的陽光照耀在古厝的台階上，院子的玫瑰花開著，微微的風吹著陣陣的花香，順著陽光的漸漸挪移，慢慢溫暖了我的身心，古厝的院落就這樣在朝陽裡開啟了一天的生活。

平常在古厝的日子，我總是心滿意足的過著陽光挪移的日子，若非有特別的事，我愈來愈少搭機去台灣，離開古厝、離開小島，我很滿足於古厝陪伴的日子，在花開花落與陽光、風、古厝中，豐富了我的生命。

在小雪的兩週中，我於十一月二十五日飛離了金門，為了我們的姊妹之約。

在飛機上我寫下了內心的感動：

從打開飛航模式的那一刻，我的心又往前靠近了一點，每年的立冬之約，好像是從那年三月的桂花茶宴起的頭，一個初春微雨的陰天，我們從澎湖、金門、苗栗赴約，那是我們第一次的邀約，不為任何會議，單純的相約，這段姐妹情誼的開始，或許是從嘉義的民宿團體活動的體驗開始，那時候我搭你們的便車，在車上因為一個話題，我們笑翻了天，車在山路上彎彎轉轉，我們在車裡笑聲連連，忘了山路的顛簸，一陣陣的綠林被拋在腦後，從笑裡開始了我們的友誼。

然後有了宜蘭的驚蟄茶席之約，感受到款待友誼的美好。開始了我在金門邀請你們來的立冬之約，辦了兩年的立冬約定之後，妳說今年的立冬由妳負責日月潭之旅，冬天的台灣中部應該是氣候最舒服的地點了，於是我們從起風的澎湖，陽光燦爛的金門，多雨的宜蘭來赴約，這一切在航機慢慢起動、滑行的此刻，我忍不住回憶了我們這幾年的相約，窗外藍天白雲，陽光照耀著海平面，閃耀的光輝奪目，波光伴隨著坐機，飛向我們的友誼。

在層層疊疊的雲端，我航向你們，耀眼的陽光讓我無法凝視，三十分鐘後空姐推著飲料車服務，飛航非常平穩，昨天的金門起風變冷、而在雲端完全不同，直到雲層換成了層層疊疊的高樓，我知道我來到都市了，我離開了雲霧中的小島，來到妳們生活的大島，台中的陽光在輪子的顛簸觸地中映入窗邊，廣播開始，我平安抵達了。

三年前，我們四位好姊妹開啟了金門立冬之約，這次的立冬改由淑玲邀約我們去日月潭三天兩夜，這趟旅行的規劃她企劃了半年，養豬公養了一年多，她的豬公特別的不一樣，她把額外的收入像是出差的旅費、演講的講師費，存入了豬公的存錢筒，甚至用小紙條或是信封寫下她當時收這筆錢的心情，或是這筆錢的

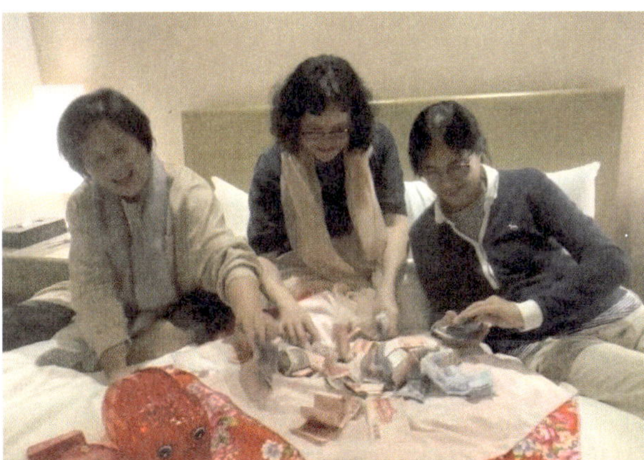

由來，準備在我們相聚的時候，開啟豬公的秘密，用豬公的錢來付我們的旅費，這種儀式感讓我們很動容，暗暗發願要來學習她。

第一天，她幫我們訂了台中新社的飛花落院，這間日式禪風的餐廳有著美麗的侘寂風庭院，每道料理有如懷石料理的風格，卻更加精緻，雅致的餐單還可以帶回家作紀念，主人非常用心，我們在優美的環境中，開啟我們的一年一會。

這一次的盛會，由於沒有在金門舉辦，所以我特別用心的準備了金門的獨特禮物，我刻了四位姊妹的重疊章，這是金門的獨門技術，我選了最自然條紋的牛角章，刻上每人的名字，選了可愛的小卡片，將每個印章的第一個印，蓋給彼此，每張卡片上都有四位好姊妹的印章，祝福我們的友誼長長久久，當她們打開禮物的時候，都感動到眼眶泛淚，許姐還一直說，要把這份禮物帶到最後一刻的儀式中，讓我感動不已，她們的喜歡是我最大的回報。

我的第二份禮物是金門鋼鐵砲彈做成的剪刀，一體成型，很適合這三位廚娘，可以剪食物、堅果、還可以分開吃螃蟹用，有魅力與實用的一份禮物。

許姐剛從日本旅行歸來，送給我們特製的楓葉皮雕胸針，我跟美滿馬上別在胸前，留下一張美麗照片，淑玲送給我們每人一條漂亮的圍巾，我們的第一餐，就在交換禮物與美食中，交換彼此的思念之情，開心地渡過。

餐後，淑玲特別預約了茶席，我們轉往另一間茶室，由專人負責泡茶，陽光進了茶屋，照在我們的臉上，溫暖而開心，配上精緻的茶點，我們享受了一個豐盛的午餐與友誼。

當晚，我們入住松之戀，有著美麗的落羽松林，雖然還未到全紅的季節，整片山林非常寂靜，我們在夜間開車出去享用山間的當地美食，順道買了果農擺攤的紅柿子，又大顆又美味，夜裡，許姐在房間的陽台擺上茶席，泡著宜蘭獨特的玄米茶，粒粒米在開水中浸泡膨脹，在冷夜裡帶來心頭的溫暖，我們每人都收到了這份禮物，回家可以用自己的壺沖泡，繼續著溫暖的友誼。

第二天淑玲請我們去日月潭雲品住溫泉豪華飯店，我很喜歡泡溫泉，入住一晚泡了三次，充分洗滌了身體的疲憊，搓掉了一層舊皮，神清氣爽，有著與金門島不一樣的感受。

當晚，我們的重頭戲就是開豬公，檢查淑玲豢養了一年的心情，說起來也真巧，我們每人輪流抽出一張紙條，讀出裡面藏錢的心情小帖，輪到誰的時候，抽到的居然就是跟當事人有關的心情，讓我們直呼不可思議，每個人在房間的床上回憶這一年相聚的種種甜美，幾位接近或六十歲臨關的人，笑得東倒西歪，真是最好的療癒啊。

短暫的三天之旅，最終站來到南投埔里的feeling18c巧克力屋，淑玲排隊買生吐司，我們則坐到店裡喝飲品吃巧克力，為這三天沉澱一下心情，美好的聚會讓我們從宜蘭、苗栗、澎湖、金門的姊妹聚集，為這一年來的經歷交換心得，能在人生六十擁有這麼好的友誼，著實讓人好驚喜，加上我們彼此細心呵護著，一路走來，充滿喜悅，我們陸續透過對方的人生閱歷，持續成長，讓心靈更加美好，對於往後的人生旅途更加有了信心，這一切都是古厝帶給我的美好因緣。

這個季節在山區裡，有小攤果農販售著紅柿子，好大顆，顏色鮮艷美麗，我們買了一籃子，這幾天吃了個夠，當地季節的水果，非常適合遊客品嘗，感謝這些小農們的辛苦。

【節氣二十一・大雪】

大雪 1206-1208 之間

北方地區會受冷空氣影響，可能降雪，地面也可能積雪，喜愛雪景的朋友，是賞雪的好季節。

12/07

而金門往往開始有比較多的颱風日子，雖然氣溫還沒有很低，卻因為陽光的出沒，日子的氣候變化頗大，我也開始戴起防風的帽子，所以擺書攤的時候，因為是在戶外，特別需要穿著防風有附帶帽子的外套。

【默（一日書屋）】

我夢想如果我可以開一間書屋，那我將要為它取名「默書屋」，因為島嶼的金門大家都認識，如果萬一你到了一間書店，想要好好的選一本書，度過一個午後，但是書店裡如果有相識的人，一定會開心地聊起天來，這樣很難根據自己原本的計畫，好好安靜地讀一本書，所以，我想「默書屋」一定有其必要的存在島嶼。

參與金門家扶中心歲末園遊會已經是第四年，大約都在十二月初的日子，以前我都不敢參加園遊會，因為不知道要賣些甚麼，後來我試著問可以賣書嗎，很想推廣小朋友閱讀，尤其是繪本，可以給人很開心的接觸到圖畫的美好，果然家扶說可以，於是開始了我的「默（一日書屋）」的繪本攤位。這至少在我開啟實體書店前，可以先小小的實驗一下，可以享受挑選書籍的樂趣，順便看看島嶼的閱讀習慣與嗜好。

第一年，我跟熟識的老師們尋求資源，老師們都很大方給我最大的折扣，讓我的成本降低，其餘我也從博客來網路書店選書，這樣的好處是，我可以挑選自己覺得不錯的繪本，而且一種繪本只需買個兩三本，讓繪本更加多元化，因為我不知道小朋友喜歡甚麼，甚麼樣的年紀適合看甚麼書，有著很大的挑戰性，一方面又擔心萬一書賣不出去，無法達到一個攤位基本的額度捐贈金額，就只能靠自己回捐了。

第一年的時候，建立下每本只賣一百元，不管原本的價格是多少，先以鼓勵閱讀購買為主，有的一本高達五百—六百元，我因為喜歡也列入購書範圍，剛開始四〇〇元以上進價的書先賣二百元，等到開場一半的時間後，在開始全面賣每本一百元，避免貴的書先被挑光，後面的人買不到。

我也在臉書預先告知活動的時間，也選了一些世界名著，或是英文繪本，或許有想讓孩子學英文的家長願意買給小孩子，盡量讓書分年級與語言，採購過程中，一些精美的國外繪本，讓我愛不釋手，自己也為書中的圖畫深深感動。開賣時，我旁邊賣吃的攤位，香氣撲鼻，賣吃的果然比較吸引人，先有許多人光顧攤位，一個小時後人潮漸多，開始有經過的年輕父母，停駐在我的書攤位，許多小朋友也被色彩生動的封面吸引著，開心的翻閱，我漸漸的有了信心起來。

有時候，經過攤位的小朋友很喜歡繪本，母親卻因為種種考量無法購買，頗覺可惜。有時候，母親一直呼喚小朋友快來翻閱，母親願意買給他，一本一百元真的很便宜，家長們覺得都是新書，買了超過十本的也有，我自己挑的每本當然都很喜歡，真的是買到賺到了。另外我還加了一些家裡的文學舊書，每本五元或二十元不等，想要鼓勵看書讀書，與大眾結緣，也賣得不錯。

第二年，我增加了一些文學的書，想要看看是否有年輕學子，或是愛好閱讀的成年人來買，有的賣一百五十元，有的賣二百元，至少都是五折價，當我看到有一位高中女學生，第二次猶豫著來到攤位前，買了郭強生老師的書，我想這位學生一定是愛好文學者，才能默默抽走這本書，自己覺得非常值得這麼做，最後文學書也都賣完了，像是張愛玲的書等等，還有一些舊書，一本五十元或一百元，甚至相送的贈書，鼓勵大家選購繪本，慢慢地我也有了些擺攤的經驗，知道選甚麼樣的童書繪本，比較受青睞。

第三年，我選的繪本，獲得知音的父母再次來到攤位購買，揹著幼兒的，牽著小手的，有人分享說去年也有來買，我很開心，如果大家能有所期待，代表我的選書是對的，對孩童來說，是喜歡的，我也從中滿足了開書店的小夢想。

這四年要感謝家扶中心給我機會，開啟我的默（一日書屋）小嚐試，也要感謝林金榮老師、林世仁老師、李如青老師、許增巧老師等等的共襄盛舉，提供了他們的作品，給我很大的折扣，增加一日書屋的繪本與文學的內涵，每年歲末，在冬陽的照耀下，我開啟我的一日書屋，滿滿的歡喜，希望小朋友們可以選到自己喜歡的書，獲得閱讀的益處，閱讀是不管年紀，都可以受益的，養成閱讀習慣，一生將受益無窮。

今年，我提早一些時間購入書籍，可以自己有空時慢慢翻閱，我翻開繪本，被顏色與圖案打動，我想到了教我禪繞畫的秀秀，每張圖畫裡彷彿都有禪繞畫的影子，從一個圓圈開始，或是從一個小方形開始，沿著往外畫，一圈又一圈，方形再方形，連成了一個版面，連成了人生。

像是有一本繪本書，是一幅清明上河圖，一邊捲一邊攤開，北宋時期的生活樣貌就這樣被推開，許多人許多樹構成了生活，每個朝代每個當下，努力的生活的身影，連成了世界的演變史。這樣的繪本孩童是很容易接受的，很容易被啟發的。

今夜，我想到我小時候參加畫畫比賽得獎的獎狀，那是五年級的時候，我畫的兒童節，彩色繽紛，有許多小朋友在上課的畫面，老師特別指導我色彩的運用，那一次我的印象深刻。或許這些繪本又觸動了我最原先的記憶，我孩童時期的純真，所以我才這麼的喜歡繪本吧。

今年剛好有一群朋友來金門，是第一保險公司的同仁，他們也到現場買書，有許多人買了我同學林金榮老師的書，剛好林老師也在現場，特別幫忙簽書解說，感謝林老師每一年的贊助自己的作品一起做公益，讓書攤多了許多光彩。

（2023.12）

【象山金剛寺】

與金剛寺的緣份，應該有十五、六年了吧，緣起於那年有位房客跟我介紹，說她有在護持金剛寺，我也可以跟進，於是踏入了金剛寺，拜了前殿釋迦牟尼佛，後殿觀世音菩薩、地藏王菩薩，初而遇見了住持師父，開始我的緣分。

師父給我的印象很莊嚴，我們在後面的客廳聊了起來，師父很親切，我也很歡喜心。後來問了母親，知道金剛寺嗎？母親說以前父親有去做過寺裡的油漆工程，常常去金剛寺，跟裡面的師父很熟，後來詢問了，才知道當時是老師父在，不是現任的師父，可見至少傳承了兩任師父，因為這層因緣，讓我更加覺得親切。

於是每年都來，師父會幫我寫資料，要我畫個圈印，我對於這些佛教儀式並不懂，也忘了師父跟我說了甚麼，應該是我跟師父聊天過程中，師父知道我需要甚麼了，因為歡喜，便每年歲末都會來，有時候一忙忘記了，師父也會打電話給我，我也好歡喜，每年都有師父這樣關心著，仿佛為新的一年帶著滿滿的祝福。

去年師父沒打電話，我正納悶著，還好，我的朋友雅秀約我一道去金剛寺拜拜，提醒了我，又值年末了，很巧，好像是冥冥之中，有一條緣份線，不會因為我一忙，而斷了線。這一次，師父問我，第一次推薦我來的房客，有繼續聯絡嗎？我說沒有，而且連她的名字都忘了，原來師父也很久不見她來，不知道她可安好？我感受到師父的慈悲，雖然每次都來去匆匆，總遺憾沒有好好請教師父佛法，但每次，我都能感受到師父的慈悲欣喜，還有每次都覺得師父散發出一種光芒，讓人覺得很親切，就像自己的家人一樣，每次都希望能有機會，可以聊更久一些，有時候師父也會留我吃中飯，跟幾位師姐們一邊吃飯一邊聊著。

今天，又是雅秀的提議，農曆十六可以誦經，要不要一起去，我也曾經有一年剛好遇到誦經，記得當天是八十八佛大懺悔文，記得我們站成兩邊，單雙數輪流拜，只要有佛號就跪拜一下，那一次是我在一個時間內拜得最多次佛的一次，從此以後，我又忘了要來參與，不過在心中，常常想到那一次的佛光充滿。

今天我們來了，點了一家子的光明燈，跟著誦經，有兩位穿咖啡色海青的女居士，把位置讓給了我們，讓我們有跪拜的小椅墊，非常的親切，於是我跟雅秀

同一跪椅，一起參與今天的共修，翻開有放一個當書籤的小鐵條，我跟雅秀相視而笑，是我們熟悉的普門品，我習慣每天晚上讀一遍普門品，看來今天應該不難了，跟著大家一起誦經，一頁一頁翻開，跟自己在家，有著不一樣的感覺，很能集中精神跟著，接著又誦了一遍佛說阿彌陀經，我也能跟上，母親往生時，有師父帶領我們誦過很多遍，今天都能跟上節奏，只是我們只會用國語唸，不會跟她們一樣用閩南語發音。

誦完經，大家排隊跟師父道謝，師父慈悲的給我們一人一瓶吉祥水，輪到我時，我跟師父說要先離開了，師父說有素食便當，可以帶回家享用，我以前曾經到裡面用過餐，很好吃的素食，師父對每一個人都很親切的關懷，空檔時，還特別問我最近民宿生意好嗎?我跟師父說還不錯喔，疫情趨緩，客人陸續回來了。

晚上，心中一直有一個念頭，想要把滿滿的感動寫下來，就在現在，此刻，我突然明白了師父這兩年都沒有打電話給我，難道師父因為慈悲心，擔心我的民宿因為疫情受影響，而不敢打給我，等待我自己出現，我去年還以為師父忘記了我，心中有所失落，原來，師父白天問我的話語，原來這一切都是因為體諒與關懷，而我卻到此刻才突然會意過來，師父的慈悲善解。

今天因為時間比較長，一有機會都會偷偷觀察師父，感覺師父的腳步輕盈，充滿能量，對於每一位在家眾，都能適時地微笑與關懷，話語不多，卻充滿慈祥的笑容，我一回首，發覺與金剛寺的十五年緣分就這麼過了，自己總是這麼漫不經心，來去匆匆，此刻才更明白，所謂的修行，其實不在言說，而是身行，默默的感化著每一位信徒。

今天待在金剛寺的時間約有一個半小時，看著師父接待每一位到訪者，雖然匆匆但充滿笑容，我突然覺得，這好像我在古厝中一樣，對於來訪者的接待，一樣的從容，一樣的歡喜，只是師父多了一份說不出來的慈悲，像冬日的陽光，連冰冷的地板都溫暖了，何況是我們的心，好像這樣的溫暖，可以陪伴我們度過這一季冬，延續到明年的歲末之約。謝謝雅秀的邀約，謝謝師父的祝福，我終於跟上了，明白了師父的慈悲喜捨。

（2022.12）

【浯江夕照】

最近開始喜歡走路，在下午三點左右的時候給自己一個半小時的時間，大約可以走到八千步，順著浯江溪畔伯玉亭石雕公園往夏墅鄭成功祠的方向，夕陽已經漸漸溫和，經過了浯江溪畔，運氣好的時候可以看到翠鳥的身影，那藍色的身影總是令我非常的驚喜，如果剛好是退潮的時間，還可以看到高蹺鴴、白鷺鷥、蒼鷺、鷸鴴科的鳥類，尤其是高蹺鴴優雅的步伐，以及飛翔空中伸展開的雙腳，總是讓我感覺非常的輕鬆悠閑，雙雙倆倆聚在一起禦寒的白鷺鷥，遠遠的就能夠發現他們白色的身影，金門大橋後方的廈門，總是蒙上一層薄薄的霧，一直要到夜幕低垂，才會看到他們的樓層在燈光中閃著，建功嶼上的鄭成功像，在寒冬裡繼續矗立著，一台台的遊覽車載著遊客在退潮時分走向建功嶼，體驗摩西分海的景觀，兩旁的招潮蟹因為冬天風吹的緣故，總是躲了起來，

我之所以喜歡在金門生活，那是因為有太多小時候熟悉的地方，以及父親在手稿裡面寫的文章，這些都變成我熟悉的生活養

分，所以雖然走路時是一個人，心靈上一點都不覺得孤單，走在熟悉的地方，憑藉著就是小時候的這些點點滴滴，支持著我，一步一步穩健的走下去，每天這樣子平靜踏實的生活，對我來講多麼的重要，就像今天下午三點，北風暫歇，陽光露臉，我走出家門，從西海路往鄭成功祠的方向走，走到了父親曾經寫過的建功嶼，父親曾經粉刷過的鄭成功祠，這些看似遙遠的記憶，此刻讓我感覺溫暖，像這冬天裡的陽光一樣，照耀著我的內心，我不再覺得寒冷，我不再覺得冬天的風冷冽，我終於明白了，一個人回到家鄉實際上的意義，也許生活不是那麼的多采多姿，富於變化，可是心靈上卻感覺非常的踏實與飽足，這樣子的感受，是在這個年紀該有的健康的生活，而且我又是如此幸運的生活在古厝裡，陪伴著來古厝住一晚的旅者，因為他們的生命經歷同時也變成了我的生命富足，這是多麼難得的一件事，所以我是如此的感恩著古厝，在我的人生裡面佔據著這麼重要的一個位子，也陪伴著我的人生繼續往前走，古厝的事蹟就是我生命的事蹟，如此貼切而附和著，想想，這是多麼難得的生命經驗啊。

陽光照耀著行道樹，在間歇的光影裡，我看到了光所帶來的希望，潺槁樹、樟樹、木麻黃、台灣欒樹、烏桕，他們長得如此的高聳，至少有四十年了吧，難道這一方水土也是讓他們覺得身心安頓，跟我此刻的心情一樣嗎？步道的兩旁一棟棟美麗的別墅，有的庭院花木扶疏，照顧的井然有序，甚至有一塊空地上就有一個貨櫃屋，主人正放著熱情有力的運動歌舞，我走過去的時候也感染了亢奮的生命力，這些都是我生活在島嶼，常常有的欣喜的心情，只要一天東北季風不吹，只要一天陽光露臉，這就是今天最大的滿足與收穫，所謂的風調雨順、國泰民安，路旁插著宮廟寫在旗子上的祝福語，我想就是此刻我走在步道上所有的心情寫照了。

我在如此的冬季裡，可以隨性地選擇一條時間、光影、風向等等最符合我當下心情的步道，這是無比的幸福，走著走著身體健康了，走著走著不會胡思亂想了，腸胃裡面的食物也慢慢地被消化吸收了，隨後想想晚餐該準備什麼食材，這樣子的生活不就是人們最希望所擁有的生活模式嗎？而我們花了這麼大的力氣，往外去尋找，一回頭我們才學會當下安身立命，當下就富足了，享受這生命裡的一個午後，一個富足的心靈。

【節氣二十二．冬至】

冬至 1221-1223 之間

太陽直射南回歸線，
也是北半球在一年之中白晝最短，日影最長的一天，
冬至也是民間祭祖的日期。

12/22

冬至圓，小時候媽媽都會這麼說，長大了，冬至祭拜古厝廳堂的神明，我也會自己搓湯圓，好友給了我配方：「一包糯米粉600g加200cc熱水、攪拌、加冷水240cc.攪拌、成團、加30cc油、搓成條狀、1/3加紅花米少許染紅、做成紅白湯圓」，這成了我冬至的儀式感。

【消災吉祥共修的一年】

疫情迭起之際，人心無依，停滯的疫情讓人無所順從，師父慈悲心起，帶領我們共同修持，要我們用四無量心的祥和心境觀想誦讀。

歲月匆匆，在疫情反覆中，不知不覺過了一年，回首去年的元月五日，師父成立共修群組，我的心戰戰兢兢，這是我第一次與人共修功課，深怕我的工作影響我的共修，記得剛開始，我總是清晨五點多起床，在初一和十五的清晨，在七點之前完成共修，才開始我一天民宿的工作，後來漸漸無法專注，感覺清晨的時間太趕，睡眠不足白日昏沉，慢慢的，我讓自己在初一、十五的時候，選一個比較寬裕的時間，來完成我的共修。

歷經春夏秋冬，花開花落，烏桕在冬季裡轉紅，楓葉層層由黃的謎樣色澤轉入冬天的楓紅，早開的杜鵑花漸漸爭艷，一回首，原來我通過了一年的考驗，我持續下來了，群組裡完成共修的＋1，無形中引領著我跟著精進，在這段時間裡，常常在初一或十五的前後幾天日子，我有了一些小小的感應，事發過後，才猛然想起，原來是修持功課的前後，是一股默默的提醒，讓我明白，持續著的原來是自己心靈的改變，因此而讓自己渡過了一些小紛擾或小事件。

剛開始，總有一些突發的事情，總能化險為夷，我並沒有放在心上，有時是欣喜的事情發生，有時是不太順遂的事悄悄地越過，最後也都平安，超越了原本的隱憂，我開始，習慣的，在有事發生時，趕快看一下日期，是不是共修的時間到了？這樣的事件常常讓我覺得不可思議，是一種偶然嗎？還是一種訊息。

有一次，快中午了，鄰居拍打著我古厝的木門，急促喊著我的名字，我想，甚麼事呢，送包裹的嗎？我打開木門，心急的她，告訴我，有人撞到我的車子了，我想，我沒開車啊，會不會搞錯了，出門一看，停在門外的車被倒車的遊客撞到了，左邊的燈與角落，凹陷了，我一臉茫然，還沒回過神來的時候，鄰居說，要不是我剛好經過喊住她們，妳就找不到人了，我想早上才剛唸完功課，怎麼會碰上這樣的事，沒有保佑嗎？我還沉浸在經咒裡的歡喜情緒，一下被干擾了，停在路邊也會被倒車的撞到，這真讓我驚訝，經過談論，還好她們客氣的和解了，後來車子也順利的修好了，幾天後，我突然想到，還好，我當時並沒有開車，我也不在車子裡，車子是靜止的。

有時候是一些紛爭，或是一些困擾的事情，但都化險為夷，我不敢說這是修持功課的必然，但是我在這一年裡，真的感覺到有甚麼默默的影響著我，這樣的持續了一年，我的心變得比較寧靜，常常充滿法喜，就像經裡說的：一切災難皆悉消滅不能危害，於我好像真的應驗了，能成就八萬種吉祥事，能除滅八萬種不吉祥事。

我因為經營民宿，常常要跟陌生的遊客接觸，我希望能在接待的過程中，大家和樂共處，不要碰到不好的相遇，回想這一年來，真的很平順，遇到的都是很好的旅客，也沒有甚麼困難與波折的事要處裡，身邊也都是善意的人，一些平常有疑慮的，好像也自動離我而去，我想到了經裡說的：諸惡橫事口舌厭禱咒詛，好像也都離我而去，區區一年的共修，我不敢想入太多，只是在這歲末之際，回頭看看這一年，有師父的引領，眾家師友們的共持，平順的過了這一年。

在這一年，有時候朋友有不順利的事或心情，我常常由心而起，想要告訴他們可以持咒此經，但一想到經中提醒的：秘密受持勿妄宣傳，我就不敢提起，想

必是要讓有緣人自己會有機緣遇見此經吧，自己是多麼的因緣俱足，可以聞說此經，並且有師父的慈悲勇敢帶領，得以避凶趨吉，天地日月星辰萬物，各可以使其至於當者，心的歸屬，帶來了心的寧靜。

這一年，我沒有很精進，感恩師父的諒解，感恩眾師友的陪伴，雖然我們尚未見面，但在群組中的互相勉勵，有你們的加持，我才能不間斷的一直到此刻，將這一切獻給大家，祝福大家在新的一年裡，讓我們繼續互相鼓勵，讓我們的心能更加的寧靜，也期盼整個社會愈趨融合，讓疫情快快停息，用我們大家的念力，一起祈求世界和平，大家身體健康、吉祥如意。

【我們的跨年】

歲末，屬於年輕人的跨年活動，在各大媒體一直廣告著，吸引著年輕人相約去看煙火，去聽演唱會，迎向新的一年，這麼有意義的一天，該跟誰一起過，有人忙著檢視一年的友誼，有人輕鬆的呼朋友伴趕很多場，在大城市裡，既使沒有人邀約，要在賣場或百貨店裡犒賞自己，也都能歡樂的慶祝。

而在島嶼，在我們這一群年過五十到六十的朋友群裡，不知道從何時開始，哪一年起的頭，榮哥夫妻收留了我們，在寒冷的十二月裡，寒風吹著島嶼，東北季風開始的季節，給了我們一屋子溫暖，滿滿一桌子的菜，毫不遜色於除夕的大年夜，有台灣回來的同學，有剛好來他們家的朋友，在這一天，有舊朋友也有新朋友，一起祝福歲末的平安，一起迎向未來的一年。

跨年往往是氣候很冷的時節，像是一個界限，天氣如此，人也如此，慶祝平安已過的一年，期許未來平安的一年，在這一天大家互相祝福，我們每人帶著喜歡的食物來分享，桂枝手藝好，總是會料理一些拿手菜帶來，榮哥更是煮出香噴

HAPPY
NEW
YEAR

噴的熱湯，讓我們享受年的味道，對於在大家庭出生的我來說，像是回憶一般的相聚，填滿了我的長大失落感。

年紀愈大愈喜歡這樣的聚會，在朋友家裡，幾道菜，沒有時間壓力，甚至不用擔心會吵到鄰居，獨棟的房子，空曠的周邊，唯有房子照出的光，溫暖而歡樂，跨年或許是一個儀式，讓心抹平過去一年的風雨，迎向歡欣的一年。

儀式感，對於生活來說，有時候就是有其意義，過了這一年，迎接全新更好的自己，祝福好友們明年再相聚，島嶼的風連著我們的情感，自然而然的相處，隨興的聊著，過了今天，開始期待著立春，那春暖花開的節氣，也是我的本命節氣，在新的一年裡，我重視的儀式感的第一個節氣，等待冬去春來，再次翻開人生新的一頁，繼續在島嶼彼此開心的相伴著，一年再一年。

#【節氣二十三・小寒】

小寒 0105-0107 之間

代表要開始進入寒冷的季節，常常有最低溫的氣候報導，不過這幾年，我感覺過完年後的二月有時候還更冷，真有春天氣候高低起伏之感，過完元旦假期之後的金門，有時候反而陽光溫暖，適合散步走路的季節。

01/05

週末的午后，遇到後浦的小時候鄰居，相伴後浦老街逛逛，走到了甄洋樓，穿起了旗袍，拍了照，感覺後浦的童年時光回來了，她是我小妹的同學，她姊姊是我的同學，結果回鄉後我們反而熟稔了起來，選日不如撞日的後浦開心時光。

早餐後，太陽出來，古厝的雲層非常的美麗。

有位住客抵達時，我泡了茶博會買的茶請她喝，她很歡喜，居然寄了一本網路書店已經買不到的普洱茶書來送我，真是美麗的相遇。

趁著到台北開會的機會，把這本書帶在身邊，期待能有時間可以去尋訪台北的新四國八十八所靈場石佛遍路，雖然路徑都已經打散不清楚了，還是希望能找到幾尊石佛，這次台灣好客民宿協會的理監事會在北投召開，書中寫著許多石佛的路徑都在北投，不免內心充滿著期待，期盼能見到石佛。

開完會的隔天早晨，順著住宿的北投春天往下走，來到普濟寺，記得昨天下午開車經過時，看到有一位師父搭計程車下車，循著階梯往上看，猜想一定是普濟寺，書上寫說普濟寺以前的名字是鐵真院，有供奉湯守觀音，不過目前大殿上的是復刻的湯守觀音，很幽靜的庭園環境，可惜因為疫情的關係，大殿不能進去，等了一會兒，也沒有見到師父，只能從殿外拍下湯守觀音的樣貌，據說最後一尊的第八十八尊石佛原來也是在鐵真院，但是目前由私人供奉，尚未請回普濟寺。

另外一頭的北投文物館，相差不遠，我們四人在蜿蜒的山道上走著，當作是早餐後的散步，一進文物館，便看到庭院內的草地上，擺著三尊石佛，我開心的禮佛，並且拍照下來，一尊是弘法大師，一尊是六十六番雲邊寺的千手觀世音菩薩，一尊是四十番觀自在寺的藥師如來佛，這些石佛都還算保存的不錯，書中記載的：「據報載，大正十四年（一九二五）設立後首次的遍路活動……」，那麼石佛至少有一百年左右的歷史，在風吹日曬中仍然完好，實在是令人欣慰。

接著我們進入文物館參觀，有展覽，也有日式料理餐廳，很有日本建築文化的氛圍，也很清幽，值得一訪。我們因為退房時間的關係，沒有待很久，往回走的時候，內心感到無比寧靜，終於看到了書上所寫的石佛，想著當初發起的人，一定克服了許多的困難，才能將日本佛教遍路石佛精神傳入到台灣來，毅力令人佩服。

隔天剛好朋友請客的餐廳是圓山大飯店，品嚐了美食之後，同學說你想找的石佛，不遠處的臨濟寺就有，我們便前往尋找，到了寺院門口，廊簷上許多的鴿子，自由飛翔並不怕生，大殿同樣是不開放的，正在尋找不著時，遇到一位出家師父，詢問之後，師父說他不清楚石佛，他才剛到兩天，於是我打電話給作者曉鈴，原來是在階梯上方的廣場，哇，這裡排列成圓形廣場的石佛有十尊，真令人欣喜。

廣場的第一尊是日本四國的第七十八番鄉照寺的阿彌陀如來，第二尊是十三番大日寺的十一面觀音，第三尊是十八番恩山寺的藥師如來，第四尊是七十五番善通寺的藥師如來，第五尊是十六番觀音寺的千手觀世音，第六尊是十一番藤井寺的藥師如來，第七尊是八十番國分寺的十一面千手觀世音，第八尊是七十九番高照院天皇寺的十一面觀世音，第九尊是十二番燒山寺的虛空藏菩薩，我一一的禮佛，並且拍照，雖然有的是同一尊佛但刻法不盡相同，有坐姿或立姿的藥師如來，禮佛之外，石刻的石佛也很吸引我，能這麼的接近石佛，而且一次看這麼多，不作筆記不行，像是千手觀音手上的法器也都有刻出來，只是我不懂那是甚麼法器，如果知道應該更好。

尋了一天之後，決定先休息，去拜訪大哥大姐，這兩年疫情，我們很久沒見面了，於是前往土城找大姐，在承天禪寺的路途上，這裡環境清幽，大姐平常種花種菜，怡情養性，也會跟鄰居去寺裡走走，平常很養生，比實際年齡年輕許多，以前唸書的時候，大姐也幫我出過註冊費，時間一過都三十幾年了。

晚上抵達大哥家，上樓去跟母親燒個香，大哥大嫂請我吃飯，在他們家聊到十一點多才告辭。我在離島，難得到台灣一次，所以見面總是有許多話可以聊，親人在一起，敘舊也續情，白天的尋石佛，晚上的親人見面，這一天滿滿的愛。看到大哥勤學古書，滿房間書架上、床上都是書，看他充滿著熱情的分享，原來，讀書可以讓人如此富足，在小天地裡忘我，無關乎外面的風雨，我拍下了大哥介紹的一些書，也想有空開始讀幾本古書，在我小的時候，也是大哥啟發我，常常給我書看，沒想到這麼多年過去，眼前仍然是那位充滿熱情看書的兄長，難怪人家說返老還童，心境上的富足，才會變成如孩童般的純真。

第二天，我決定再去尋石佛，這次我們先到台北遍路的原始點與終點的天后宮，一尋弘法大師的弘法寺。天后宮在熱鬧的西門町，很容易尋找，一進門在院子，便找到石佛群，有弘法大師石刻，也有兩尊石佛，分別是第一番靈山寺的釋迦如來，以及第二番極樂寺的阿彌陀如來，兩尊手勢不同。

進得大殿之前的右手邊，有弘法大師神位供上香禮佛，正殿是天上聖母、觀音佛祖、關聖帝君，據說天后宮原為弘法寺，主祀弘法大師，於明治四十三年（一九一〇）啟用，屬於日本真言宗之修行場所，其中由來可以看啟發我尋找石佛的這本書《從弘法寺到天后宮》作者王曉鈴有很清楚的研究說明。

天空中飄下細雨，台北的街道陰冷而溼氣重，這一波寒流，加快了人們的腳步，街道上匆匆而行，我逛了一下，一九八八年曾經在這附近的公家單位上班過的街區，歲月匆匆改變已大，現在我已經分不出方位了，天后宮對面商店街有一家咖啡老店，人潮熱絡，我們想要再去尋石佛，便也沒多逗留，只能下次專程來逛了。

從地圖上尋找我接下來的目標——正願禪寺，原來在北投曾經去過的劍潭古寺的後方山徑上，只是一直找不到上山的車道，於是打電話去寺院試試，對方詢問說：打從哪裡來？我們說明尋找石佛而來，對方指引了上山的路，一路開到正願禪寺側門的停車場，這一路上環境清幽，還經過一個蝴蝶園步道，卻因連日陰雨路上濕滑，不然真是個爬山散步的好地方。

抵達後，側門貼上不開放參訪，於是我又打電話，這回說我們已經在門口，

正願禪寺石佛。

可以拍石佛嗎？沒想到得到允許，片刻之後，來了一位師父，幫我們開門，一再抱歉說打擾了，實在是很想要尋石佛，師父親切的引導我們進去拍，一排的石佛，依序是第一尊弘法大師，第二尊十九番立江寺的延命地藏菩薩，第三尊三十六番青龍寺的波切不動明王，第四尊二十二番平等寺的藥師如來，第五尊三十八番金剛福寺的三面千手觀世音菩薩，第六尊三十七番岩本寺的阿彌陀如來，第七尊沒有番號的文殊菩薩，不在原來的八十八石佛之內，第八尊二十八番大日寺的大日如來，第九尊三十四番種間寺的藥師如來，第十尊弘法大師。我一一參拜，並且拍照，我想到了當時的台北遍路，連走四天，一一尋找石佛，禮佛的莊嚴，這些石佛雖然被更動了地方，卻仍然有著歲月的靈性，讓人有尊敬的心，宗教對人類心靈的影響，真的不是時空所能改變的。

從網路上求真百科查到有關青龍寺的資料，空海大師（弘法大師）遠到大唐學習密法，是跟青龍寺的密教第七祖學習，學成要回日本時，從唐往日本方向投擲獨鈷杵，而回到日本後，在青龍寺的一棵松樹上找到了，於是便在這裡蓋了青龍寺，報答惠果和尚受法之恩。

因為台北遍路的資料，尋找石佛也讓我慢慢搜尋網路上的資料，很想看看石佛所在的寺院的樣貌及介紹，像是十九番靈場的立江寺，便是將江戶時代描繪的八十八尊佛像放置在寺中，讓人可以一次參拜，實在是非常的特別。

歲月就是不會告訴你接下來的故事，我們只能從以往的故事中去體會，去尋找當時的經驗，以及當時所要表達與呈現的精神，很特別的是，現在的日本四國還是有人繼續在遍路上尋找石佛所在的寺院，走訪遍路的體驗與感受，而在有心人或因緣際會的觸動下，台北石佛也慢慢集中聚合起來，而我們也可以透過這些石佛去了解當時的日本佛教精神，想想短暫的台北行，收穫頗豐。

冬天的陽光在沒有風的日子，溫和得將金門國家公園中山林的松樹映畫在地上，我在這樣的午后散步，享受冬陽的溫暖，想著石佛的故事，非常的欣喜與寧靜，一本書給我的啟發如此深遠，信仰就跟季節一樣，隨著歲月變化著，仍然有每一天的晨昏與風景，持續著，誰也不知道以後，只能把握此刻的美好，希望日後仍有機會繼續尋訪散處各方的石佛。

【繁花默語中山林】

秋的季節一過，冬的風奔向枝頭，瑟縮的行人漸漸稀少，農曆年的季節來到了最後一季，品嘗日子的步調變慢了，心中自然輕慢了起來，人也不知不覺投入到林道之中，變得浪漫了。

日子不再如此繁忙，是拾起走路的好季節，金門的步道許多，輪流著走來走去，偶爾爬爬太武山，訓練一下腳力，從高山下俯瞰島嶼，太湖的煙波霧景，料羅灣的沙灘，沉靜美麗的圓弧海岸線，總讓人拋卻塵囂，再看看沿著山路的綠意，享受金門的寂靜與美，但卻總是無法天天持續，心想一定要找到一個，可以輕鬆自在散步的地方，可以毫無顧慮心思的走，走出心曠神怡，照見內心的，明心見性的地方。

想起了中山林，午後兩點冬陽溫暖，獨自踏進綠意的中山林，想起以前騎單車的日子，園區內三公里的愜意時光，或是曾經騎在挑戰車道的忐忑不安，像風輕輕帶過的，屈指一算，竟然也有十年了，那些年喜歡騎單車的自己，喜歡風吹

過耳畔的呼嘯，仿佛代表著年輕的耳語，意氣風發的歲月體力。就在一次村落沒人的小徑上，被狗追跌倒的驚惶裡，棄罷了單車，好久沒再跨上一次，也沒再體驗過中山林的單車趣。

小徑上的桂花點綴著枝頭，間或有茶花陪伴著，烏桕的葉子由黃轉紅，楓葉在午后的冬陽裡，散發出金色的紅葉，讓我為之一振，開始仔細觀賞每一棵，隨著步伐呈現眼前的植物，原來樹種很多，不只有我們認為的松林，高聳的南洋杉，每個轉彎都有驚喜。

原來這裡也有豆梨，幾朵蹦出的早花已開上枝頭，連著好幾株穿插在小徑上，腳步愈走愈歡喜，心想我如果天天來看你，等待著花期，屬於我們的相遇，多麼美好的期待啊，映入眼簾的是一片櫻花林，有的已經含苞，原來隨著季節可以等待不同的花開了，小徑上往往沒有人，尤其在午后，安心的愜意時光，在這冬季裡好富足的感受，每天給自己一份禮物，踏進中山林一小時，享受這驚奇的靜謐。

茶花開著，繾綣的花瓣，粉色裡點綴著白，特別少見，也有整朵喜氣的紅、白色的茶花、整朵粉色的茶花，突然看到一朵很不一樣的，花瓣重疊比較少，原來是山茶花最原始的品種，朋友說：「茶花有一百多種，都是從此種山茶花變種出來的，山茶花的英文Camellia花語是天生麗質，也能作為女性的名字，代表年輕、自由、清

山茶花

梅花

新、美麗、勤勉、堅毅、勇敢」，知道這些以後，走在步道的我，更覺得它的美了。

就這樣，有空就來中山林走走的日常，看著花朵的變化，看著花兒輪流綻放，有時候耽擱了幾天，再來的時候，發現茶花開得更多了，最驚喜的是，發現梅花開了，白色的梅花真的是愈冷愈開花，彷彿為這初春帶來喜悅的告白，給了我堅毅的勇氣，彌補了楓葉紅透慢慢凋萎，風掃葉落的愁情，烏　也紅盡殘葉掛枝頭，而園區的杜鵑悄悄來到了它的季節，紅的白的慢慢開放，彷彿在等待著豆梨和櫻花，約好一起盛開。

給自己一個小時的時間，我這樣告訴自己，如果在電腦前一個小時很快就會過去，每天試著給自己的身體一個禮物，讓他去中山林看看植物，欣賞花朵，接觸陽光、綠林、步道，我喜歡走路的時候，身心完全放空，用著自己的節奏，慢慢地走、慢慢地看，呼吸一下綠意帶來的歡欣，讓自己有一個持續的等待，等待花開，告白季節，每天有一個小時的美好。

【節氣二十四・大寒】

大寒 0119-0121 之間

二十四節氣中最後一個節氣，
由於受到來自西伯利亞的寒流影響，
東亞地區通常處在一年中最寒冷的時期。

01/20

這幾天的金門，很幸運的有著溫暖的天氣，白天十八度、夜晚十三度，金門日夜溫差有時候到達十度，夜晚有時到十度以下，這些日子白天有陽光，算是非常的舒服，乾燥沒有下雨，很適合白天散步。

【接待師父吃素食】

前幾天，戶籍在金門的師父回來金門投票，下榻在我的古厝民宿，因為班機不好訂，前後總共停留了五天，我也很幸運的就近學習佛法，跟著素食，仿佛身心靈都淨空了一般，得到法喜。

我與師父的緣分，真的是因為古厝民宿，出家人行腳不能到尋常人家裡作客，唯有旅宿可以，所以，雖然是古厝，但因為是民宿，所以可以接待師父。

每次與師父的相處，如沐春風，雖然我都很緊張，擔心怠慢了，但是真正接待的時候，師父的親切、隨和，讓我很快的放鬆了下來，這樣我們也認識了將近十五年了，這些年裡，遇到了疑惑，總是會請教師父自處之道，師父也不吝分享，往往能給我很大的啟發。

這幾天跟著師父素食，感覺身體很清爽，師父退房後，我也漸漸學會了煮素食，像是雪裡紅炒玉米雞蛋、苦瓜氣炸拌鹹蛋、毛豆炒黎麥菇類番茄，我沒有全素，只是學著炒沒有肉的素菜，慢慢地有了心得，就像是大家喜歡的健康素，希望可以維持這樣的飲食觀念下去，盡量多吃蔬菜水果，保護腸胃道的健康。

今天問了醫師，才知道人體消化道的運作，「天生萬物以養人，一方水土養一方人」的哲理，人們吃了食物之後呢，先到了胃，經過胃的消化分解，再到十二指腸、分泌膽汁胰液，幫助脂肪類的消化，再到小腸，真正的吸收營養的地方，剩下一些不好吸收的乳糜狀的食物再到大腸，大腸吸收水分，還有這些剩餘的可以吸收的食物，凝固成大便狀，有點像廚餘的概念，最後排除人體外，都是一些沒有辦法吸收的食物殘渣。

所以多吃蔬菜水果就是能夠在大腸裡讓糞便成形，還有帶走其他的不適合留的廢棄物，這就是多吃纖維質的概念。

為了維持大腸的健康，應該以吃自己周邊土地盛產的東西，這代表說你的身體比較能夠適應的食物，也比較好消化它，所以有時候吃一些異國的食物或者是我們去旅行常吃沒有吃過的東西，對於整個腸胃道的消化吸收來講是很大的考驗，如果你可以適應了，那當然身體就沒有問題，萬一你的腸胃道不能適應，那就是我們常說的水土不服了。

甚至呢，不同的季節我們也要吃當季的食物，這樣子可以調整我們的身體跟環境是結合的，所以什麼樣的季節該吃什麼？不要跨越季節勉強的來補身體，這也是一個蠻重要的概念。

甚至如果要分得更細一些，那就是二十四節氣了，在二十四節氣裡面該種什麼食物該吃什麼食物就是更符合人體的需求了，這就是養生的概念了。

今天正好大寒，我從窗外的景致看到了農田的顏色，遠處的樹林有紅色的楓葉和烏桕，嫩黃綠色的枝葉包裹著更深綠的葉子，農田上有垂掛的綠色木瓜，村里的老婦坐在門口埕上整理著午餐的蔬菜，那是剛從田裡拔下來的新鮮蔬菜，農田裡一畦畦的綠色蔬菜，上頭掛著一些繩子驅趕鳥，隨風飄揚，甚至有些是過期的競選旗子拿來利用，村里的古厝偶有人進出，安安靜靜的，沒有聽到聲音，偶有開車進到村莊的夫妻，牽著小童，拿著大包小包的東西，走進巷弄，走入自己的古厝家門，從高處往下看，原來有不同的風景。

樹上沒有風動，微弱的陽光映著，有點兒霾害，從另一頭看去，看不清楚遠處的廈門高樓，隱約可以看見金門大橋矗立在海上，在薄霧之中，那天師父來的時候，特別過了一趟金門大橋，到小金門的雙口，眺望距離最近的廈門高樓，大約相距六公里左右，金門的靜謐與廈門的工商業都市，有著極強烈的對比，只要不出這個島嶼，不搭機去台灣或去搭船去廈門，可以充分感受到安靜的島嶼生活。

雖然國曆的跨年過了，農曆年卻還沒有到，心境上慢慢整理了這一年的心情，這一年在兩個聚落間來回生活，一個是住在古厝裡，是一個村口戶很大的村莊，旅遊的村莊，常常有遊客的聲音交織在聚落的石板道上，拍照、驚嘆著古厝與洋樓群，一個是住在五樓的電梯公寓裡，房子雖小，視野很寬廣，小小的幾十戶的古厝與現代建築的融合村莊裡，我從高處數了數，大約十幾棟古厝，卻有著各種不同的建築模式，從最小的一落二櫸頭、到雙落燕尾古厝、雙落馬背古厝、三蓋廊古厝，真是應有盡有呢，是很好的建築解說場域，而這個村莊後有靠山，前面有海，風不大，出入人口不多，只要待在公寓裡，遠處美景盡收眼底，可以讀書寫作、冥思，真的是當初沒有想到的喜歡，四周的陽光日照充足，冬天更顯得溫暖，是很好的居所。

這一年裡，我慢慢體會到成家立業的成家，一個好的居所可以讓人放鬆自在，心裡感覺踏實，內心一踏實，便不與人爭，不予人鬥，與自己的內心好好相處，能常常省視自己的人，內心豐富知足，容易善良與理解他人的難處，有一個好居所，真是太重要了，早晨起床，為自己煮一碗麥片粥，吃一顆維他命，出門到另一個古厝去照顧旅者，將身上休息足夠的能量發揮，好好關注旅者的需求，這一年終於有了不一樣的感受。

在今年的最後這個節氣，簡單做了農曆年前的剖析結語，最開心的是大寒有了好天氣，期盼明年事事順利，農作豐收，村里平安，等待另一個年度的新節氣來報到了，等待另一個循環。

【因為風的緣故】

風，非常的認真吹，在白天裡將木麻黃吹得翩翩起舞，將我的頭髮從後腦吹到臉面上來，其實還沒有真正的寒冷季節，像是預先告知我們冬要來了，所以吹得特別勤快，風將建功嶼的水，吹得波光粼粼，鳥兒都難以停歇，等待著退潮，等風將石板路的水吹開，吹出一條路來，旅人們匆匆的踏著石板路，穿越摩西分海，走過兩旁的牡蠣人，上到久違的建功嶼，前線中的小小嶼。

風在古厝裡，肆意的飛揚，穿門而來，奪門而出，完全不管是否打擾主人的寧靜，今晚的風，將天空吹得很乾淨，讓我一抬頭，發現月亮的旁邊有亮眼的星光，跟我一起散步，發現屋檐、屋角也都有星星，隔壁的洋樓屋頂上的夜空也閃

著星光，農曆初十的夜晚，你們就這麼閃著光，在夜裡對我笑著。

揮一揮一把手的迷迭香，湊近鼻邊，給一把清香的呼吸，走在古厝斜坡的石板路，也有你們的星光，忘了收回的棉被，吊掛在後埕，沒有了前幾天濃烈的霧水，乾爽得多了，地上幾瓣玉蘭花掉落的黃葉，夜裡收起棉被抱著，就有幸福感的星夜。

我走著，走著，鄰居的狗兒對我吠著，牠們也會看星星嗎？什麼時候櫻花的葉，掉得如此乾淨，枝條伸向天空，跟星星打招呼，隱約的花苞，宣告冬的來臨，想起，下午的新書發表會，幾位金馬作家合著的《島嶼時光》，以作家的出生地或是生活村落為本，寫出對家鄉的情懷，散文式的旅遊文學，其中也有一篇是我寫的水頭日常，很高興自己被邀約參與。

獵戶的三顆腰帶星，停落在古厝後落屋瓦的斜坡處，清朗的夜空延伸出他的身形，這幾顆星星在夜空中光芒四射。我繼續走過養狗的人家，突然的狗吠聲，帶動鍊子的聲響，讓我心震動得聽到噗噗聲。小時候，妹妹趴著牆壁數數兒，鄰居的狗突然咬她屁股，那突然，讓我從此很怕狗，遠遠的看到就心慌，孩提的恐懼無法忘懷。

遠處傳來更遠的狗兒聲，此起彼落，我在我的地盤附近，印象中沒有狗的地方，散步著，清夜無塵，一個人，好個閒情，不怕壞人，就只擔心狗兒也出來散步，跟我對峙著。

一個小時後，冬之星座的獵戶，三顆腰帶星又跑到古厝前的廣場來了，與其他的星子間，像有一條隱隱的線，畫出了圖形，此刻仍然延續著下午的新書發表會的感動，許多參與的作家專程回鄉，參與家鄉的文學活動，這是一本金門與馬祖二十三位作家的家鄉之旅，歲月照今塵，今晚的散步多了一份詩意心情，天上的星子化為人間的文子，共同守護自己的家鄉，用細膩深刻的文章來訴說，那遠去的童年，那古老的古厝，盤踞在遊子心中的曾經。

文學與生活密不可分，表達著生命的歷練與豐富變化，有些則寫日常的島嶼生活，刻劃四季風情，美麗的島嶼四季分明，聚落與步道的光影，沙灘與浪花的潮起潮落，每天每月都在變化中，走在茅山塔的榕樹光影，心如此沉靜，樹影下的腳步，步步皆美，靜謐的風，鳥兒飛翔著，美麗的島嶼，美麗的人生。

即使在有風的夜裡，村落的寂靜，仍然讓散步的我，捨不得不繼續繞著，感受著，這一片刻的嫻靜，走也走不完內心的回顧，讓所有的感動在今夜的星空下迴盪著。

【微觀的世界】

自從有了新相機（P1000），我便隨時攜帶放車上，出門的時候多了些樂趣，看到黃昏的雲彩迫不及待，看到清晨微露，天空清澈的雲朵，看到彩虹，經過浯江溪口潮間帶，多了點遇見鳥類的期待，天氣好的日子，迫不及待的想出門，原來一部新相機，讓我的生活重燃起熱情，而且對於周遭的尋常，如此的仔細觀察。

雖然現在數位相機有較大的螢幕觀看影像，但我還是喜歡透過小小的窗口，瞇起另一隻眼仔細的看，讓我體會到微觀的樂趣，平常肉眼所及景物是如此的寬廣遼闊，而正因為寬廣，我們就粗心大意，閃過許多精彩的瞬間，無法聚焦。但當你透過相機，小小的窗口，看到的世界，居然這麼的專注與不同，你只想要拉近，再拉近，看得仔細了，才發現原來它不是你平常認識的樣子。

因為你的專注，你關心了它，透過遠距離的對話，將你對它的情感拍了下來，原來這才是你真正看到它的樣子，生活中有一樣兩樣的事物，讓你想要重新觀看，想要看清楚它，也許映照的是你的心，你對這個世界的答案。就像是回憶中的記憶，往往特別清晰，也是你的心經過咀嚼，增刪後保留下來的部分。

也許，我們該學會微觀，把生活上的範圍縮小，將內心的情感聚攏。我想到朋友的父親，喜歡獨居，如果家人要打電話聯絡，規定要在三餐的時刻，其餘時間不接電話。我想這樣的他可以保有自己清淨的內心，有完整的生活時間，不用一直關注來電，而影響了自己的節奏，蠻有智慧的。

隨著歲月漸長，我將自己的步伐調慢，開始學習緩慢下來，告訴自己的身

心，對未來做好準備，當我把範圍縮小，把人際關係縮小，把時間留給自己在意的人，就變得不那麼忙碌了，也會珍惜相處的時間，說話也可以慢慢說，不急促。

當我開始學會相機的微觀，從鏡頭裡畫重點，時間好像變得更美麗了，可以帶著相機跟自己獨處，覺得相機其實也是一個伴，安靜沉默的好伴，可以跟它對話，感覺它懂你，透過小小的視窗，聚精會神的觀看，看得更清楚，更專注，讓我的生命有了微觀的新體驗。

從二〇〇五年到二〇二五年，古厝擁有許多美好的故事，有幸與許多人結緣，我也從滿懷夢想到日常的守護，有時候一抬頭，看見燕尾脊的青天白雲，藍色的天空仍然如此晴朗，我的心，也希望能保有最初的信念。

經過疫情的這幾年，讓我學會安靜的生活，讓我的性情愈來愈緩慢下來，管理我們經營古厝的金管處，長官們也換了好幾任，管理規則大抵相同，從剛開始的戰戰兢兢，到現在的和平共好，互相尊重，經營的夥伴們也愈來愈多人加入陣營，年輕的世代也跟上了古厝的列車，就像古厝的世代傳承一般。

沒有人能一直擁有古厝，卻可以跟古厝有著情感的連結，紅磚與石牆建構的古厝，溫潤而優雅，在歲月的洗禮中，愈發充滿智慧。有時候在院子的陽光裡，散步或喝茶的時候，突然想起某一位旅客，想起某些年的某個美好記憶，但是我們誰也無法留住甚麼，這些美好的人與事，封存在古厝裡，等待有一天重續，等待他們的到來，也許他們當初帶來的孩童長大了，也許從年輕到老年的頭髮

白了，古厝已經從清朝到現在，擁有好幾輩子了，繼續為需要的人，提供美好的空間，足夠的陽光與綠意，讓他們的心暫歇，讓他們在生命的旅途中遇見美好。

最寶貴的是，那一段曾經共享的古厝時光。

在古厝裡，學習適應自然，學習人與人之間的相處，學習珍惜相聚的當下，晴天，一起在院子喝茶曬太陽，下雨了，窩在客廳享受雨滴的節奏，廊簷垂落下的雨滴，漸漸匯聚在院子裡，順著四周，慢慢地消退，前面客廳順著兩旁預留的小走道，側身走到後落，或是走到廚房、書房，隱身側行的緩慢，跨過門檻的石階，步步謹慎，每個空間都有門檻相隔，親近又有距離，就像人與人之間，守住分際，就能成為好朋友，古厝的教導，在空間配置上，在行住坐臥的輩分上，這些年給了我許多的領悟，與古厝共聚，在四季更迭、在二十四節氣中運行，我想我一定是上輩子有祈求，今生能再與古厝相遇，才能銜接孩童與壯年，多麼幸運的古厝之旅啊。

國家圖書館出版品預行編目(CIP)資料

古厝與節氣之歌 = 顏湘芬著. -- 初版. --
金門縣金城鎮：金門縣文化局出版，臺
北市：大元書局發行，2025. 10
面；　公分. -- (文創叢書; A024)
ISBN 978-626-7590-61-4 (平裝)

863.55　　　　　　114011540

文創叢書 A024

古厝與節氣之歌

作　　者 —— 顏湘芬
攝　　影 —— 顏湘芬
美術編輯 —— 翁翁・不倒翁視覺創意工作室
ononstudio@gmail.com

出版單位 —— 金門縣文化局
地　　址 —— 金門縣金城鎮環島北路一段66號
電　　話 —— 082-323169
網　　址 —— http:// cabkc.kinmen.gov.tw/

發　　行 —— 大元書局
地　　址 —— 108 台北市萬華區南寧路35號1樓
電　　話 —— 02-23087171　傳真 02-23080055
郵政劃撥 —— 19634769 大元書局
網　　址 —— www.life16888.com.tw
E-mail —— aia.w168@msa.hinet.net

總 經 銷 —— 旭昇圖書有限公司
地　　址 —— 235 新北市中和區中山路二段352號2樓
電　　話 —— 02-22451480　傳真 02-22451479
網　　址 —— http://web.kmccc.edu.tw

印　　刷 —— 松霖彩色印刷有限公司
初版一刷 —— 2025年10月　雪白畫刊100P
定　　價 —— 新臺幣350元
I S B N —— 9786267590614
G P N —— 1011400893